Esta obra está protegida
por los Derechos de Autor.
No la reproduzcas sin permiso.
Acude a info@cempro.org.mx

CeMPro
Centro Mexicano de Protección y Fomento
a los Derechos de Autor
Sociedad de Gestión Colectiva

Teléfono: 1946-0620
Fax: 1946-0655
e-mail: marte.topete@editorialprogreso.com.mx
e-mail: servicioalcliente@editorialprogreso.com.mx

Dirección editorial: David Morrison
Coordinación editorial: Marte Antonio Topete y Delgadillo
Edición: Marisela Aguilar Salas
Coordinación de diseño: Luis Eduardo Valdespino Martínez
Diagramación: Tania Tamayo
Ilustración de portada e interiores: Augusto Mora

Derechos reservados:
© 2005 Jaime Alfonso Sandoval
© 2005 Editorial Progreso, S. A. de C. V.
© 2015 Edelvives, México / Editorial Progreso, S. A. de C. V.
       GRUPO EDELVIVES

Padres Padrísimos
(Colección Ala Delta Colibrí)

Miembro de la Cámara Nacional de la Industria Editorial Mexicana
Registro No. 232

ISBN: 978-607-746-040-4

Impreso en México
Printed in Mexico

1ª edición: 2015

Se terminó la impresión de esta obra en junio de 2017
en los talleres de Editorial Progreso, S. A. de C. V.
Naranjo Núm. 248, Colonia Santa María la Ribera
Delegación Cuauhtémoc. C. P. 06400. Ciudad de México

ALA DELTA COLIBRÍ

EDELVIVES

Padres
Padrísimos, S.A.

Jaime Alfonso Sandoval

Ilustraciones
Guillo Castellanos

Para Silvia Sandoval,
única, original e irrepetible.
Una mamá que no cambiaría
por ninguna.

1

Querido lector

Mi nombre es Beto Barajas y soy el protagonista de esta historia. Mucho gusto, espero que nos llevemos bien. Me presento porque no quiero ser como los personajes de otros libros que ni siquiera tienen la delicadeza de darle los buenos días al lector, ni de preguntar, por ejemplo: ¿Cómo estás? ¿Ya desayunaste? ¿Cómo te va en la escuela? Espero que no te duela nada y estés listo para leer una buena historia. Pero antes de empezar quiero pedirte algunos favores.

Por favor, no ensucies el borde de las páginas con las manos sin lavar; no sabes el asco que nos da a los personajes encontrarnos con

manchones de lodo, de torta de queso o trocitos de pizza en el papel. Por favor, ¿sí?... y
también quiero pedirte que procures leer todo
el libro.

¿Qué, no te parece justo? Bueno, tienes razón, qué tal si este libro no te gusta, a lo mejor
sólo lo abriste por una tarea de la escuela o
lo hojeas en una librería y prefieres esperar
a que salga la película. Es evidente que no
puedo obligarte a leer toditas las páginas, si
no quieres. Pero es que debo explicarte algo...
Verás... éste es el primer libro que protagonizo
y, como me costó muchísimo trabajo, siento
feo que alguien deje mi historia a la mitad...
¿Qué quieres que haga? Soy un personaje muy
sensible. Bien decía mi abuela que me dedica-
ra a una profesión menos riesgosa como, por
ejemplo, lechero. Las vacas nunca juzgan tu
calidad literaria.

En fin, puedes hacer lo que quieras, saltarte
capítulos o espiar el final; por lo pronto yo te
prometo que haré lo posible para que me leas,
contándote una historia increíble, extraña y
sobre todo entretenida.

Este libro tiene una docena de personajes; pero no te asustes, no tienes que memorizar todos los nombres ahora mismo, yo te los voy a ir presentando uno por uno, para que les vayas agarrando confianza. Te adelanto que algunos de los personajes son simpáticos, otros no tanto y algunos francamente insoportables... Empezaré por el que tengo más a la mano, o sea, yo mismo.

Ya me conoces, al menos por mi nombre; soy Beto Barajas, tengo doce años y si me vieras sentado a tu lado nunca pensarías que soy espectacular. Esa es la verdad: soy flaco, algo bajito (mi madre dice que aún falta que dé el estirón) y tengo los dientes grandes (mi amiga Valeria dice que el tamaño de mis muelas es indicio de que tengo una gran personalidad). Entre mis habilidades está cruzar una barda sin caerme y puedo imitar a la perfección el ladrido de un perro.

Seguramente piensas: "¡Uf, ya me estafaron!". Niños dientones y chaparros hay por puñados aquí, en Tokio, Chicago y San Juan de las Tunas, y ninguno de ellos merece protagonizar algún libro.

Tal vez tengas razón; soy bastante común, pero un día me sucedió algo tan extraño que, te apuesto, nunca has oído hablar de algo siquiera parecido. Fue misterioso, terrorífico, divertido, alucinante...

No comas ansias; al ratito te cuento qué me ocurrió, aún faltan muchos capítulos por delante. Claro, tú puedes echar un ojito a la última parte del libro; a ver, atrévete, te reto a que lo hagas...

Como ésta es una novela ordenada, voy a empezar por donde se debe, te contaré el principio de todos mis problemas, o sea, te hablaré de mis papás.

¡Uf!, ¿por dónde empiezo? ¿Cómo te los muestro sin que te asustes? Es que hay detalles tan bochornosos... Te diré que haremos: déjame pensar en cómo te los presento y nos vemos en el siguiente capítulo, ¿sale? ¡Rana podrida el último que llegue!

2

Los peores padres del planeta

En el mundo hay papás de todo tipo: altos, pelirrojos, barrigones, chaparrines, finos, divertidos, malgeniudos, melosos o bravucones... No sé por qué, pero habiendo tanta variedad, casi ningún niño está a gusto con los papás que le tocaron. Sucede como con los juguetes: siempre el que tiene el vecino está mejor, es más bonito o resulta de mejor calidad.

A mí me sucedía exactamente eso: no me gustaban mis papás. Pero tampoco vayas a pensar que era alguien caprichoso y exigente... Lo que sucede es que mis papás resultaban difíciles de querer. Tendrás que conocerlos para que me entiendas... Ven, te los voy a presentar.

Mi mamá, a simple vista no parece nada rara, ni extraterrestre o nada de eso. Se ve como cualquier mamá, con su faldita de cuadros verdes, su mandil, su bolsa del mandado... Pero, ¡ojo!, que no te engañe, debajo de ese disfraz de mamá inofensiva se esconde una criatura con poderes y sentidos superdesarrollados... Si no trabaja de superhéroe es porque no le da la gana. ¿No me crees? Te pondré un ejemplo: la vista de mi mamá es mejor que la de Supermán. Puede detectar a cien metros si me ensucié el cuello de la camisa, y con sólo un parpadeo descubre que tengo roto el uniforme en las rodillas, que me volví a morder las uñas en el recreo y que llevo un raspón en el codo izquierdo. Si eso no es un superpoder, entonces no sé qué es.

Además, su oído es tan fino que puede escuchar a diez cuadras de distancia si estornudé y de inmediato corre a ponerme un suéter. Para colmo, cuenta con un superolfato que le permite descubrir cuándo no me tallo detrás de las orejas o no me he cambiado los calcetines en dos días. Pero su poder más enigmático es su sexto sentido, ¡ya lo quisiera *El Hombre Araña*!

Es imposible decirle una mentira, sólo le basta verme a los ojos para saber que fui yo quien rompió su florero. Adivina que me fue mal en matemáticas, que comí un chocolate antes de la comida; no puedo hacer ni siquiera una simple travesurita sin que me descubra... No es justo.

Si yo fuera mi mamá, trabajaría para alguna división secreta del gobierno; ¡ganaría millones desenmascarando espías y terroristas!

Tal vez a algunos les resulte estupendo tener una mamá con superpoderes, pero a mí no me hace demasiada gracia. En lugar de salvar al mundo, utiliza sus poderes para declararle la guerra a la mugre en mi casa. Siempre va armada de un plumero, una escoba, un trapo y una cubeta; además se la pasa hurgándome las orejas, revisando el cuello de mi camisa; creo que si pudiera me tapizaría con forro de plástico, igual que a los sillones de la sala, para que no me ensucie.

Ahora le toca el turno a mi papá. Te lo presento, nada más no te le acerques mucho porque no tiene buen humor. Su aspecto es como el de millones de papás: usa un traje algo arrugado, lentes y una cara de que le urge dormir...

Trabaja todo el día en una oficina como contador y creo que ya le afectó el cerebro.

Mi papá ve las cosas como si fueran un montón de números; por ejemplo, si conoce a una persona de inmediato se fija en su edad, cuál es el tamaño de sus zapatos, las medidas de su camisa, cuántos dientes ha perdido, y hasta cuenta las pecas que tiene en la nariz. Sólo ve números por todos lados.

A lo mejor pienses que es práctico tener un papá que se acuerde de fechas de cumpleaños y que sepa cuántas estrellas se ven en el cielo. Lo malo es que para él los números sólo significan una cosa: cuánto dinero ha gastado.

Por ejemplo, él sabe que yo he vivido 3 743 días; entonces se pone a sacar la cuenta; según él, me he comido casi 1 620 cremas de elote y otros 1 432 caldos de pollo (que son las dos variedades de sopa que hace mi mamá), me he masticado 2 120 bisteces y 5 123 gelatinas de grosella (casi siempre me como dos al día), ¡y todo ha salido de su bolsillo! Haciendo cuentas, resulta que ¡le he costado una fortuna! Mi papá siempre se fija en los precios y no hay cosa que más le guste en el mundo que ahorrar.

Por eso mi papá sólo compra ofertas; tenemos que esperar a que aparezca en el periódico el anuncio "carne de vaca loca al 70% de descuento en Carnicería Estudillo", y compramos milanesas para todo el año. Si aparece el anuncio "Brócoli al 80% de descuento", mi papá llena el coche de brócolis y mi mamá hace durante un mes sopa, guisado y hasta gelatina de brócoli.

Cuando un suéter me queda chico, le dice a mi mamá que lo desteja y use el estambre para hacer bufandas o calcetines. Nada se desperdicia. Me pregunto: ¿así serán todos los contadores del mundo?

Claro, con un papá así nunca me sobra el dinero; rara vez me da domingo, tampoco estreno ropa nueva, casi no tengo juguetes, y además mi mamá me mantiene supervigilado, no me deja jugar en la tierra, ni picarme la nariz...

Según Valeria, mis papás no son tan malos.

—Claro, lo dices porque los tuyos están divorciados —le señalo—. Y se la pasan dándote regalos para que los quieras.

—Pues preferiría que no me dieran nada, pero que estuvieran juntos, como los tuyos.

Así es Valeria, siempre dice algo que termina por dejarme sin argumentos para seguir discutiendo.

Y ya que mencioné a Valeria, te la tengo que presentar: su nombre completo es Valeria Meza Redonda. ¿Te reíste? No te preocupes, todo el mundo lo hace. Tengo la teoría de que Valeria nació para que la gente se divirtiera un poco, cosas del destino; es flaquísima y su cara se parece un poco a la de un conejo... Bueno, no la hice mi amiga por su raro aspecto, sino porque es muy lista. ¡Se sabe todas las capitales del mundo! En cuanto menos lo esperes te suelta que la capital de Burundi es Bujumbura. Además, es muy buena dando consejos y me cae bien, siempre y cuando no se ponga a defender a mis papás.

—Se preocupan por ti —asegura—, por eso se portan así.

Pero estaba seguro de que mis papás eran los peores seres del planeta y estaba a punto de demostrárselo a Valeria.

3

EL PEOR CUMPLEAÑOS
DEL PLANETA

Siempre he tenido tres grandes sueños en mi vida, y te los voy a revelar con la condición de que me prometas que no te reirás de mí. ¿Lo juras? ¿Nada de burlas? Bueno, ahí va: siempre he soñado con ser presidente de México, convertirme en estrella de rock y tener una fiesta de cumpleaños.

Mi primer sueño está en chino que lo pueda cumplir. Mi mamá dice que los presidentes fueron niños aplicados y yo tengo promedio de 7.7, así que lo que se dice qué bárbaro, qué inteligentísimo soy... pues como que no. Lo de estrella de rock también está difícil, porque siempre me porto bien, y para ser estrella de rock hay que gritar, comportarse como loco, y a mí eso me da pena. Pero aún me quedaba mi tercer sueño, y ése parecía a simple vista fácil de cumplir: tener una fiesta de cumpleaños como Dios manda, o sea, con pastel empalagoso, mucho refresco, "Las mañanitas", gorritos de papel, confeti, algunos concursos por aquí, un payasito por allá, una piñata llena de golosinas, y todo eso.

Ya te empezaste a reír... Sí, ya sé lo que piensas, que las fiestas de cumpleaños son supercursis. Pero de todos modos yo quería una, y debía darme prisa, porque cuando eres niño todavía puedes hacer fiesta; ya de grande resultas francamente ridículo. Así que después de estar rogando durante muchísimo tiempo, cuando cumplí doce años mis papás avisaron que me harían una fiesta. Como imaginarás, ¡estaba feliz!

Claro, había ciertas reglas; mi papá me advirtió que por cuestión de economía no podía haber más de quince invitados (y los niños gordos o tragones contarían como si fueran dos). Los regalos que me dieran sólo podría abrirlos en Navidad y la reunión se haría en

el jardín de la casa (siempre y cuando no llo-
viera). Por su parte, mi mamá me advirtió que
mis invitados debían llegar bañados para que
no esparcieran gérmenes, bien planchaditos y
con los zapatos boleados... y que al primero
que hiciera una porquería (como picarse la
nariz) lo expulsaría de la fiesta.

Con tantas advertencias, me entró pavor...
¿Y si la fiesta resultaba espantosa? ¿Y si el sueño de toda mi vida se volvía una pesadilla por
culpa de mis padres?

—Todo saldrá bien —me tranquilizó mi
amiga Valeria—. ¿No te has fijado que los papás se portan simpatiquísimos delante de otros
niños que no sean sus hijos?

—¿En verdad?

—Claro, cuando hay testigos de por medio los papás se vuelven un encanto; siempre
quieren impresionar y aparentar que son muy
modernos y alivianados.

Las palabras de Valeria parecían tener cierta
lógica y me tranquilicé un poco.

Al fin llegó el día de mi fiesta; invité a quince amigos (escogí a los más delgados para que
mi papá no me dijera nada) y les pedí que

fueran tan limpios como si tuvieran que rendir honores a la bandera. Estaba muy optimista, era el día que había estado esperando toda mi vida y nada podía arruinarlo.

Mi optimismo duró sólo siete minutos, que fue el tiempo en que empezaron los problemas. Era evidente que a mis papás les importaba un cacahuate la opinión de los niños ajenos; se comportaron igual que siempre, es decir, mi mamá prohibió que usáramos confeti y serpentinas para no ensuciar el pasto, y mi papá, para ahorrar, compró sólo dos globos (teníamos que turnárnoslos para jugar) y un silbatito (que mi amigo Martín llenó de baba, y ya nadie quiso usarlo).

—Ahora vamos a jugar a las sillas —dijo Valeria, intentando animar la fiesta.

Pero había un problema, no había sillas; mi papá tampoco quiso rentarlas, así que el juego resultó muy difícil... cada uno se imaginaba que se sentaba en su propia silla y nadie quería perder; algunos niños comenzaron a discutir.

—Estas soon las mañaniiitaaas... —empezó a cantar Valeria, para pasar a otro tema. Todos la siguieron a coro.

"Las mañanitas" se escucharon bastante desafinadas, pero estuvo bien, al menos eso había resultado como en una fiesta normal.

Pero justo en ese momento, cuando yo era el centro de atención, mi madre hizo una demostración de sus superpoderes y me empezó a decir: "Betito, ponte la bufanda porque en la noche te va a dar tos. No te cepillaste los dientes en la mañana, ¿verdad? Ya veremos lo que dice el dentista. Y no te vayas a llenar de tierra porque luego te enfermas de la pancita. ¿Me oíste Betito? Me sentí superavergonzado; además, para colmo, mi mamá se puso a limpiarles las orejas a los demás niños (usó una servilleta y salivita). No soportaba ver mugre cerca de ella. Muchos niños se alejaron asustados.

—No corran mucho, porque luego les va a dar sed —nos recomendó mi padre.

Entonces me enteré de que sólo compró una botella de refresco (que rebajó con agua, para que rindiera), tampoco había dulces; según mi papá no tenía caso, porque en la despensa teníamos una caja de galletas.

—Pero son saladas —señalé.

—Galletas son galletas —dijo sin aceptar réplica.

Como de costumbre, Valeria intentó salvar mi fiesta y propuso que rompiéramos la piñata.

—En mi casa nadie anda rompiendo cosas —aseguró mi madre quitándole el palo de escoba—. Pueden jugar con la piñata pero sin maltratarla...

Pensé que las cosas mejorarían al momento de abrir los regalos, pero mi papá cumplió su palabra y los guardó bajo llave; sólo podía abrir uno por uno durante las siguientes quince navidades.

—A ver si no se ponen rancios los chocolates que te regalé... —murmuró mi amigo Martín.

—No te preocupes —me dijo mi madre, al ver mi cara de tristeza—, tu papá y yo te compramos algo.

Entonces me entregó dos bolsas de papel, cada una con una agujeta usada como si fuera moño.

El regalo de mi mamá era ¡un trapo de cocina y un sacudidor!

—Para que lo uses en tu cuarto —dijo mi madre feliz.

Suspiré, era un regalo típico de ella. Entonces abrí la bolsa de papel que tenía escrito con lápiz: "De papá, con cariño".

—Aquí no hay nada... —exclamé.

—El regalo es la bolsa —explicó mi padre—. Podrás guardar lo que quieras... ¡Qué práctico!, ¿no?

Ni siquiera tuve tiempo para agradecerle su gesto; en ese momento alguien gritó: "¡Ya llegó el payaso!".

No era posible. ¿Mi papá había contratado a un payaso? Aquella era una verdadera sorpresa.

—Ves, te dije —me murmuró al oído mi amiga Valeria—. Todos los papás al final resulta que son sentimentales y están dispuestos a pagar lo que sea por sus hijos.

Pero se quedó callada cuando vio entrar al payaso. Era un señor gordísimo, vestido con una gabardina mugrienta (quién sabe qué pensó mi mamá sobre sus gérmenes), llevaba una peluca tipo arco iris, una enorme nariz roja y tenía en la mano un sucio calcetín con dos ojos pintados con plumón, al cual presentó como Tufín, su acompañante. Entre los dos se dedicaron a contar chistes malísimos.

Luego me enteré de que mi papá consiguió al payaso (gratis, claro) en una oficina de la cárcel; el juez le había ordenado realizar labores sociales; el payaso en realidad era un chofer de taxi acusado de atropellar viejitas a propósito. A todos nos entró pavor y nos reímos de los chistes de Tufín por puritito miedo, pues teníamos terror de que si no lo hacíamos, el payaso delincuente nos daría algunos azotes.

Algunos niños intentaron escaparse, pero mi padre los detuvo, según él, era de mala educación irse antes de partir el pastel.

Sí, leíste bien, además había pastel. Mi papá también compró un pastel de cuatro pisos, que debió costar muy barato, y supuse que era de exhibición, de esos que ponen en las vitrinas de las pastelerías, porque estaba polvoriento y resquebrajado.

A los invitados no les importó el aspecto; todos los niños estaban hambrientos y rodearon el pastel, como sanguijuelas. Algunos ni siquiera esperaron su rebanada, sino que tomaron puños del merengue y dieron mordidas por aquí y por allá.

—Se va a caer —dijo mi mamá, con su proverbial sexto sentido.

Y en efecto, el pastel no soportó a una docena de niños jaloneándose entre sí y se partió por la mitad, luego dos pisos se cayeron encima de algunos invitados, aunque extrañamente el pastel rebotó como si fuera de yeso (según me enteré después, descalabró a mi amigo Martín). Entonces descubrimos algo aún más horrible: en el interior del pastel habitaba una familia de ratones. Creo que no les dio gusto ver destrozado su hogar porque saltaron sobre varios niños; un ratón se trepó en la cabeza de uno, otro más se escondió bajo la falda de Valeria y un ratón diminuto intentó morderme el zapato.

Se escucharon gritos; algunos niños lloraron, otros más escupieron asqueados; todos los invitados aprovecharon el caos para salir corriendo y escapar de mi fiesta (menos Valeria, pero porque se desmayó).

Al final me quedé con mis dos globos ma-
noseados, el silbatito lleno de babas, las sillas
imaginarias y mi payaso delincuente (a quien
al parecer no le dio asco el pastel, pues se estaba comiendo una buena rebanada).

—Creo que todo salió bien —suspiró mi
madre satisfecha—, hasta sobró pastel.

—Y galletas —observó mi padre feliz.

—Y todos se fueron temprano —señaló mi
madre—. ¡Qué niños tan educados! Parece
que la fiesta fue un éxito. ¿Estás contento,
Beto?

No contesté nada y corrí a mi cuarto a ence-
rrarme con doble llave.

4

Casa Mandrake

Como imaginarás, quedé súper traumado con mi fiesta de cumpleaños; era la peor vergüenza que había pasado en mi vida. No quería que nadie me viera, tampoco quería volver a la escuela ni siquiera deseaba salir a la tiendita de la esquin...

¿Tuviste problemas para leer el comienzo de este capítulo? No te preocupes, no necesitas lentes ni tu libro está defectuoso; fue por mi culpa, es que lloré tanto que despinté la tinta de esta página; es lo malo de ser un personaje llorón, pero te prometo que me voy a controlar para que puedas seguir leyendo sin problemas.

Como imaginarás, quedé supertraumado con mi fiesta de cumpleaños; era la peor vergüenza que había pasado en mi vida. No quería que nadie me viera, tampoco quería volver a la escuela, ni siquiera deseaba salir a la tiendita de la esquina... Para remediar este problema, pensé en varias opciones:

a) Escapar. Irme con el primer circo que pasara por ahí, hacerme equilibrista y llamarme El Tachuela Barajas y jamás, jamás, volver a mi calle.

b) Cambiar de personalidad. Ponerme lentes, pintarme pecas y decir que soy Betulio Barajas, el hermano gemelo de Beto, y que acabo de llegar de un lejanísimo país.

c) Fingir demencia. Convencer a todos de que fue una broma, es decir, ni era mi cumpleaños ni eran mis papás, era sólo parte de la noche de brujas, pero por adelantado.

—Eso es muy tonto... —me dijo Valeria cuando le comenté mis grandes planes—. Nadie te va a creer. Eso sólo pasa en las películas o en los libros.

Reí para mis adentros; era evidente que Valeria, aunque fuera muy lista, no sabía que era un personaje dentro de una novela.

—Entonces, ¿qué hago? —regresé al tema—. ¿Me voy a quedar encerrado en mi cuarto para siempre?

—Pero, ¿qué no te das cuenta? —suspiró Valeria—. No tienes que hacer nada porque tú no tuviste la culpa... ¿o sí?

Me quedé pensando un rato... ¡Qué bárbara! Valeria debería trabajar dando consejos en la radio. Por supuesto que yo no era culpable de nada... yo no fui el que contrató a un delincuente como payaso, tampoco compré un pastel relleno de ratones (que provocaron su vergonzoso desmayo) ni estuve limpiando las orejas de los niños con salivita... Sólo había unos culpables de todo el desastre: mis padres. ¡Debería darles vergüenza!

Entonces hice cambios a mi lista anterior: mis padres debían sufrir un escarmiento.

—Si los denunció a la asociación protectora de niños, ¿crees que los castigarán? —le pregunté ilusionado a Valeria—. ¿O sabes si existe algún método para lavarles el cerebro con hipnosis? Aunque también puedo darles una buena lección y arruinarles la vida como ellos lo hicieron conmigo...

—¿Y si sólo hablas con ellos? —me sugirió—. Diles lo que sientes, que te da pena lo que hacen, que los quieres mucho, pero que te gustaría que te trataran mejor...

De inmediato cambié de opinión: Valeria nunca trabajaría en la radio. Cómo se notaba que no tenía papás como los míos. Según ella una simple platicadita y todo se solucionaría. ¿En qué lugar vivía? ¿En cursilandia?

—Está bien, intentaré hablar con ellos —le aseguré.

Era una mentira del tamaño de una ballena, pero la dije porque no quería discutir ni escuchar los sermones de Valeria sobre el gran amor y la lealtad que se deben tener los padres y los hijos. Así que me quedé en las mismas; encerrado en mi casa e intentando buscar una solución a mi problema, decidí consultar una historieta.

Pocos adultos lo saben, pero las historietas son la mayor fuente de consejos de todos los niños. Allí se puede aprender una cantidad de cosas: desde cómo desarmar una bomba nuclear con los dientes hasta la receta para hacer huevos gratinados. Estuve mirando varios títulos, entre temas cómicos, de superhéroes, aventuras y hasta de terror. Pero no encontré nada que me dijera qué hacer para darles un escarmiento a mis papás (tampoco había técnicas para lavarles el cerebro); entonces al final de un ejemplar de "Las tenebrosas aventuras del Doctor Umbro" descubrí la sección de anuncios de Casa Mandrake.

Ya conocía de memoria el catálogo de cosas que vendían por correo: lentes de rayos X, un aparato para hacer músculos, el curso de inglés que se aplica mientras duermes, un sistema que hace crecer a los bajitos, cremas para adelgazar, vitaminas para hacerte inteligente y muchos más productos que solucionan cualquier problema que tengas en la vida. Esa semana parecía que me habían leído el pensamiento, porque encontré el siguiente anuncio:

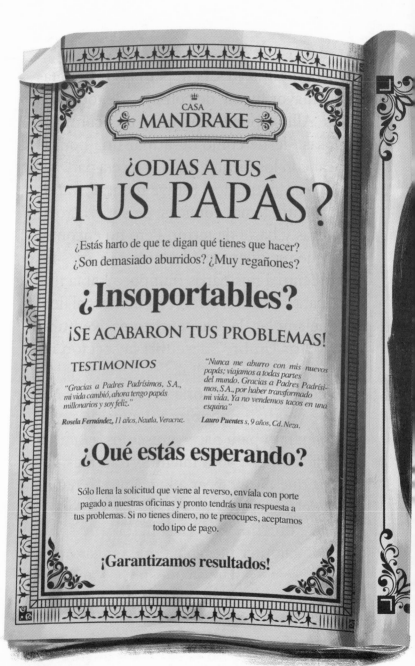

38

Y atrás venía una solicitud; te la voy a mostrar tal cual la llené, es ésta, mira:

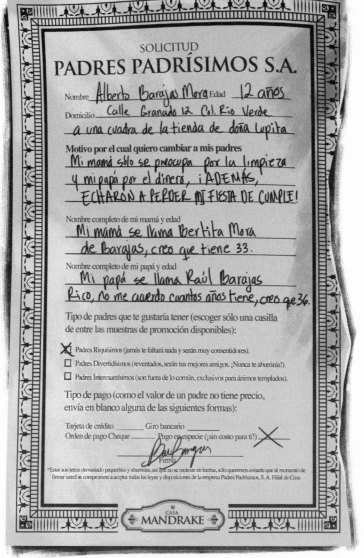

SOLICITUD
PADRES PADRÍSIMOS S.A.

Nombre _Alberto Barajas Mora_ Edad _12 años_

Domicilio _Calle Granado 12 Col. Río Verde_
a una cuadra de la tienda de doña Lupita

Motivo por el cual quiero cambiar a mis padres
Mi mamá sólo se preocupa por la limpieza
y mi papá por el dinero, ¡ADEMÁS,
ECHARON A PERDER MI FIESTA DE CUMPLE!

Nombre completo de mi mamá y edad
Mi mamá se llama Bertita Mora
de Barajas, creo que tiene 33.

Nombre completo de mi papá y edad
Mi papá se llama Raúl Barajas
Rico, no me acuerdo cuantos años tiene, creo que 36.

Tipo de padres que te gustaría tener (escoger sólo una casilla
de entre las muestras de promoción disponibles):

[X] Padres Riquísimos (jamás te faltará nada y serán muy consentidores).

[ ] Padres Divertidísimos (reventados, serán tus mejores amigos. ¡Nunca te aburrirás!).

[ ] Padres Interesantísimos (son fuera de lo común, exclusivos para ánimos templados).

Tipo de pago (como el valor de un padre no tiene precio,
envía en blanco alguna de las siguientes formas):

Tarjeta de crédito _____ Giro bancario _____
Orden de pago Cheque _____ Pago en especie (¡sin costo para ti!) _X_

_____
Firma

*Estas son letras demasiado pequeñitas y aburridas, así que no se moleste en leerlas, sólo queremos avisarle que al momento de firmar usted se compromete a aceptar todas las leyes y disposiciones de la empresa Padres Padrísimos, S.A. Filial de Casa

CASA
🕯 MANDRAKE 🕯

No dudé en elegir a los Padres Riquísimos. Imaginé que con su dinero podría viajar por todo el mundo y llevar una vida muy interesante en un safari por África o en un crucero por Alaska, hacer todas las fiestas que quisiera y cumplirme mis caprichos; jamás me aburriría, o sea, tendría los beneficios de todos los papás disponibles. Antes de echar la solicitud al buzón, se la mostré a Valeria.

—¿Padres Padrísimos, S. A.? —murmuró extrañada—. Esto debe ser una estafa. ¿Cómo puedes confiar en el anuncio que aparece al final de una historieta y además una tan mala como la del Doctor Umbro?

—Te recuerdo que tú querías comprar el sistema para hacer músculos —señalé.

Era verdad. Valeria alguna vez me confesó que estaba ahorrando para comprar el musclematic, pues soñaba con darles su merecido a los que se burlaban de su escuálido aspecto.

—Eso es diferente —se excusó Valeria—. Además, comprar unos padres millonarios debe ser carísimo; ¿cómo vas a pagarlos?

—Aquí dice que hay un método sin costo para mí... pago en especia.

—En especie —me corrigió—. Significa que no pagarás con dinero, sino con otra cosa de igual o mayor valor...

—Pero no tengo nada que valga tanto.

—Beto, mejor no te metas en problemas —me aconsejó—. Además, me aseguraste que primero hablarías con tus papás.

—¿Y por qué tú no hablas con los niños que se burlan de ti, en lugar de querer llenarte de músculos? —observé.

Por primera vez dejé a Valeria sin respuesta. Se ofendió tanto que se fue a su casa, mientras que yo tranquilamente me dirigí al buzón y eché la carta. Total, si era una estafa tampoco iba a perder nada, ¿no?

Seguí con mi vida normal y llegó el fin de semana. Seguramente sales con tu familia a pasear los domingos ¿verdad?, ya me imagino, debes ir al cine, al parque; vamos, aunque sea te sacan a dar la vuelta a la manzana. Pues a mí no (imagina de fondo una tristísima música de violines en el siguiente párrafo).

Estoy encerrado en mi casa; mis domingos son aburridísimos, ese día mi mamá se dedica a hacer la limpieza. Te preguntarás: ¿de qué, si ya todo está limpio? Pues los domingos se pone a lavar ¡los jabones que usó en la semana! Mientras que mi papá hace las cuentas de lo que ha gastado en los últimos días (aunque tiene calculadora, usa un ábaco para no gastar las pilas).

Pero ese no fue un domingo cualquiera, me desperté tardísimo y nadie me dijo nada; la casa estaba en completo silencio. Era muy raro, llamé a mis papás, fui a su habitación, al baño, a las escaleras y la cocina, pero no había rastro de ellos. Comencé a preocuparme, cuando llegué a la sala y vi una nota impresa en papel amarillo:

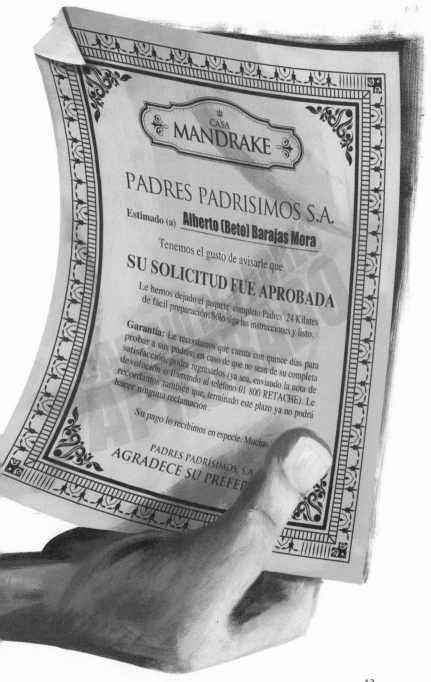

CASA
MANDRAKE

PADRES PADRISIMOS S.A.

Estimado (a) **Alberto (Beto) Barajas Mora**

Tenemos el gusto de avisarle que

SU SOLICITUD FUE APROBADA

Le hemos dejado el paquete completo Padres 24 Kilates de fácil preparación. Sólo siga las instrucciones y listo.

Garantía: Le recordamos que cuenta con quince días para probar a sus padres; en caso de que no sean de su completa satisfacción, podrá regresarlos (ya sea, enviando la nota de devolución o llamando al teléfono 01 800 RETACHE). Le recordamos también que, terminado este plazo ya no podrá hacer ninguna reclamación.

Su pago lo recibimos en especie. Muchas

PADRES PADRÍSIMOS, S.A.
AGRADECE SU PREFE

43

¡Casi se me sale el corazón por las orejas! Y no tanto por la sorpresiva nota, sino por el sitio donde se encontraba el papelito.

Estaba pegado en algo tan GRANDE que ni siquiera te lo puedo describir aquí, así que pasa a la siguiente página; allí tendremos más espacio, estaremos más cómodos y, créeme, necesitarás respirar aire fresco después de que te cuente lo que pasó después...

5

PADRES 24 KILATES

¿Ves? Aquí hay más espacio. Me encantan los capítulos cuando empiezan: se respira tanta libertad, hasta la tinta huele como si aún estuviera fresca. Por cierto, te voy a dar un consejo: desconfía de los personajes que manchen las manos con tinta mientras lees su historia (son personajes poco consistentes) y si hablan con faltas de ortografía es peor todavía, son una molestia. ¿Te conté que una vez conocí a un personaje que era tartamudo? Pobrecito, para pronunciar su nombre utilizaba tres páginas completas, y en otra ocasión me enteré de un personaje que se la pasaba tosiendo y terminó por desencuadernar la novela donde salía...

Perdón, ya me estoy desviando del tema; mejor regresemos a donde nos quedamos.

Verás, el papelito que acababa de leer estaba pegado a una caja envuelta para regalo, pero no era una cajita simple, ni siquiera grande, era monumental, al menos del triple de mi tamaño, y adentro bien le podían caber hasta dos refrigeradores. La caja estaba forrada con papel dorado, y encima traía un gigantesco moño color azul.

Hice lo de costumbre, o sea, correr a avisarle a Valeria. Mi amiga era listísima y podía ayudarme si estaba metido en un problema (mientras no me diera sus consejos cursis, claro).

Para empezar, Valeria reconoció que se había equivocado, Padres Padrísimos, S.A., era una empresa bastante seria.

—Creo que sí voy a pedir el musclematic —aseguró resuelta—. Parece que cumplen lo que ofrecen.

—¿Pero qué les digo a mis papás cuando descubran este regalo? —exclamé—. Además, ya me empecé a preocupar; a lo mejor ya se dieron cuenta. ¿Y si fueron a la policía? No están por ninguna parte.

—Ni los vas a encontrar —dedujo Valeria—. Recuerda que pagaste en especie, eso quiere decir que al recibir a tus nuevos padres tuviste que entregar a los anteriores.

Se me fue el aliento.

—¡Pero cómo! —exclamé lanzando un gritito ridículo—. ¿Dónde están? ¿Van a volver? ¿Se los llevaron para siempre?

—¿Y cómo quieres que sepa todo eso? Además, eso es lo que querías, ¿no?

Bueno, sí, era cierto... Pero aunque eran los peores padres del planeta, esperé que no les hubieran hecho algo malo, en fin, intenté no pensar en eso y me concentré en lo que tenía frente a mí: unos padres listos para desempacar, y además millonarios.

Valeria y yo quitamos la envoltura del regalo; dentro había una caja enorme, parecida a la de los cereales, en un lado anunciaba: "Paquete Padres 24 Kilates". "Sólo prepare y listo". "Aderezados con vitaminas y minerales". Se veía la imagen de una pareja: ella muy rubia y con un abrigo de mink, y él vestido de traje y sombrero de copa. En verdad parecían distinguidos.

Abrimos la caja siguiendo el "corte por la línea punteada". Dentro había una especie de esfera alargada con piedras de colores y aplicaciones en metal dorado, era enorme.

—¡Vaya, es un huevo Fabergé! —exclamó Valeria—. ¡Qué apropiado...!

—¿Y eso qué es?

—Son unos estuches en forma de huevo —explicó Valeria, feliz de tener la oportunidad de mostrar sus conocimientos históricos—. Eran las joyas que enviaban los zares de Rusia a sus esposas; ahora son un símbolo de riqueza y la gente millonaria los colecciona.

¿Coleccionar huevos lujosos? No lo dije, pero me pareció lo más tonto que había oído en mi vida. Además yo quería unos padres. ¿Para qué me servía un huevo gigante? No entendía nada...

—Aquí dice que es la preparadora Fabergé —dijo Valeria mirando una hojita de instrucciones—. Se hornean aquí dentro.

—¿Quién se hornea? ¿De qué hablas? —pregunté confundido.

—Tus nuevos papás vienen como la harina de los hot cakes, debes cocinarlos antes... Si no me crees, léelo por ti mismo.

Me pasó la hojita:

PADRES 24 KILATES
PADRES PADRÍSIMOS, S.A.

Contenido: Antes de preparar a sus nuevos padres, revise que su paquete Padres 24 Kilates contenga lo que a continuación se enumera:

1. Preparadora Fabergé con cable eléctrico.
2. Base en polvo para preparar Padres 24 Kilates.
3. Estuches con accesorios para padre y madre.
4. Folleto con instructivo y garantía por 15 días.

Y del otro lado:

1. Conecte la preparadora Fabergé a la corriente eléctrica.
2. Vierta quince litros de agua purificada, hasta la marca.
3. Agregue el preparado instantáneo y presione el botón "cocinar".
La preparadora Fabergé le avisará cuando sus padres estén listos.
Sólo abra y disfrute.

Nota: Sus padres necesitarán sus accesorios, téngalos a la mano para cuando salgan.

GRACIAS POR ESCOGER PRODUCTOS PADRES PADRÍSIMOS, UN PRODUCTO MÁS DE CASA MANDRAKE.

1. Preparadora Fabergé con cable eléctrico.
2. Base en polvo para preparar Padres 24 Kilates.
3. Estuches con accesorios para padre y madre.
4. Folleto con instructivo y garantía por 15 días.

—No parece tan difícil —aseguré convencido—. ¿Cuáles son los accesorios?

—Supongo que se refiere a eso —Valeria me mostró un maletín de cuero y un bolso rojo de piel de cocodrilo.

No podía esperar más tiempo y le pedí a Valeria que me ayudara a preparar a mis nuevos padres.

Resultó facilísimo, sólo seguimos las instrucciones; vertimos agua y agregamos la "Base para preparar Padres 24 Kilates" (según la etiqueta, contenía azúcar refinada, levadura, aditivos, oro en polvo y concentrado especial). El huevo giró sobre sí mismo por diez minutos hasta que se escuchó una campanilla.

—Ya están listos —señaló Valeria emocionada—. Date prisa para sacarlos, ¡no se vayan a recocer!

Presioné el botón "Abrir preparadora" y el huevo Fabergé se dividió por la mitad; en medio de un chorro de vapor, vi emerger a mis nuevos padres. Estaban cocinados en su punto y tenían un aspecto perfecto (ni quemados ni muy crudos). Ella era rubia, muy guapa, y él un hombre altísimo, con un fino bigote.

—Tú debes ser nuestro hijo —repuso la mujer con una gran sonrisa—. Acércate queridito, soy tu nueva mamá.

—Y yo, tu papá —dijo el hombre—. Estamos felices de ser tu nueva familia. Te daremos todo lo que pidas. Dinos hijo mío, ¿qué quieres?

Dudé un poco; no quería parecer encajoso exigiendo de buenas a primeras una bicicleta, un balón profesional de futbol o un montón de dulces, así que dije tímidamente:

—Pueden darme mi domingo... y ya veré qué me compro...

—Me parece excelente idea —asintió mi nuevo padre.

Entonces abrió su maletín de cuero, tomó una pluma y me hizo el siguiente cheque:

—¿Un millón...? —balbuceé completamente atónito.

—¡Cómo se te ocurre darle esa cantidad! —le amonestó mi nueva madre—. ¡Con un millón no le va a alcanzar para nada! ¡Las cosas están carísimas! ¡Piensa en la inflación y todo eso!

—Tienes razón querida —se disculpó mi nuevo padre—; mejor le daré dos millones, no quiero que nuestro hijo piense que soy un tacaño.

Creí que me iba a desmayar; jamás en mi vida había visto tanto dinero junto, ¡y era todo mío! Ni siquiera podía imaginar qué hacer con semejante fortuna.

Sólo para saber qué clase de lector me está leyendo, dime: si estuvieras en mi posición y recibieras dos millones de pesotes, ¿qué harías?

a) Los ahorrabas en el banco y sólo sacabas para pagar tu universidad, comprarle una casa a tu familia o hacer donaciones caritativas.

b) Gastabas la mitad ahora mismo en ti, en tus amigos y tu familia, y el resto lo ahorrabas.

c) Te los gastabas hoy mismo en caprichos personales. ¡El dinero es para eso! Sólo se vive una vez.

Si contestaste a, te felicito, eres un lector muy ahorrativo, es justo lo que me aconsejó que hiciera Valeria; si contestaste b, creo que eres un lector prudente, y sin duda es lo que todo mundo debería hacer, pero si contestaste c, es justo lo que hice... Ese mismo día mis papás me llevaron al centro comercial y me gasté todo. Si no sabes cómo alguien podría gastar dos millones, te presento la factura:

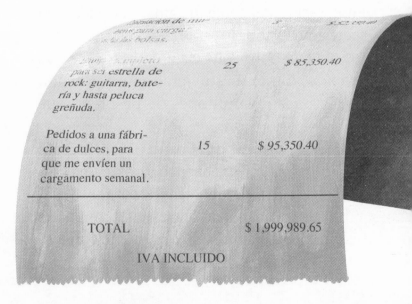

...ación de mar... ...a para carga... ...e las bolsas.		
...completo para ser estrella de rock: guitarra, batería y hasta peluca greñuda.	25	$ 85,350.40
Pedidos a una fábrica de dulces, para que me envíen un cargamento semanal.	15	$ 95,350.40
TOTAL		$ 1,999,989.65
IVA INCLUIDO		

Corte Francés

Corte Francés
FCEG580228V23
Francisco de Quevedo #1820

DESCRIPCIÓN	CANTIDAD	IMPORTE
Bicicleta (con todo y chofer, por si me canso de pedalear).	1	$ 7,520.86
Moto azul (por si se descompone la roja).	5	$ 85,320.56
Moto roja (por si se descompone la azul).	2	$ 18,350.40
Moto amarilla (por si la moto azul o la moto roja no sirven).	1	$ 25,850.40
Patineta (por si no quiero andar en ninguna moto).	4	$ 587,850.40
Patineta con motor (por si me canso de	2	$ 12,350.40

Nunca en mi vida había estado tan feliz; de inmediato les tomé mucho cariño a mis nuevos papás (¡resulta tan fácil querer a unos padres millonarios...!). Y por el dinero no tenía que preocuparme, cuando se acababa sólo abrían el portafolios o la bolsa de piel de cocodrilo y sacaban las tarjetas de crédito o hacían más cheques.

Éramos tan ricos que nuestras sirvientas tenían sus propias sirvientas. Teníamos un coche para cada día de la semana y jamás nos poníamos la ropa más de una vez (mi nueva mamá aseguraba que sólo los pobres usan ropa usada). Además debíamos cambiarnos hasta cuatro veces al día porque, según mis padres, la camisa de la mañana estaba pasada de moda para la tarde.

Mi nueva madre era mucho más bonita que la anterior, aunque descubrí que gastaba fortunas para mantener su aspecto de estrella de cine: todos los días mandaba traer a un peluquero desde Beverly Hills sólo para que le rizara las pestañas y si se le rompía una uña llamaba de inmediato al mejor cirujano plástico de la ciudad.

Mi nuevo padre, que era igual de antojadizo, un día compró tres helicópteros de diferente color ¡para poderlos combinar con los calcetines! Además sólo comía caviar, no importaba si era desayuno o cena, y le gustaba ir al hipódromo porque jamás perdía (bueno, eso es normal, todos los caballos eran suyos).

Si ellos eran derrochadores, yo lo era aún más. El siguiente domingo me dieron un cheque exactamente igual al anterior, y entre las cientos de cosas que compré estaba una réplica del Ángel de la Independencia (que usé de adorno para el jardín) y conseguí una supercomputadora llamada Neutrona 3000 para que me hiciera la tarea. Era tan potente que sólo tenía que teclear, por ejemplo: Composición sobre los Niños Héroes de México, y en cuestión de segundos me hacía una investigación histórica, biográfica y hasta íntima, sobre dichos personajes; revelaba datos tales como que Juan Escutia se picaba las orejas de chiquito y que Vicente Suárez sabía bailar polka. Al final, imprimía el trabajo en cinco idiomas.

Invité a Valeria para presumirle mi nueva vida; le mostré mis nuevas colecciones, el cargamento de dulces, los instrumentos musicales, el circo (con todo y tragafuegos y ocho enanos), los osos panda, la super-computadora... Esperaba que se pusiera amarilla, verde o morada de la envidia, pero Valeria dio una respuesta inesperada.

—Todo está muy bonito, pero... y tus papás ¿de dónde sacan todo el dinero?

—Del portafolios y la bolsa roja —afirmé como si fuera evidente—. Hacen cheques y pagan con tarjetas de crédito, son muy ricos.

—Sí, ya lo sé... —me interrumpió Valeria—. ¿Pero de dónde sacan capital para cubrir esos gastos?

—¿Cuál capitán? —pregunté confundido.

—Capital —repitió Valeria, que al parecer también era experta en finanzas—. Así se llama al dinero que respalda tus cuentas de banco. No puedes gastar y gastar si no tienes ingresos, no es normal... ¿No estarán haciendo algo malo?

—¡Claro que no! —los defendí—. Ellos son ricos, tienen muchísimo dinero.

—¿Y en qué trabajan?

Guardé silencio, no tenía la menor idea.

—Lo que sucede es que te da envidia que sea rico —dije para cambiar el tema y hacer que reconociera su coraje.

—La verdad es que no —mi amiga se encogió de hombros—. La riqueza de tus nuevos papás me da mala espina, yo que tú, no me pondría a gastar el dinero sin saber de dónde viene.

Y se marchó sin querer jugar con ninguna de mis nuevas adquisiciones.

El mariachi comenzó a tocar "Las golondrinas", esa triste canción de despedida.

—¡Silencio! —les grité.

Me puse de mal humor, las palabritas "mala espina", "algo indebido", me daban vueltas en la cabeza. Uf, ¡Valeria siempre echa todo a perder!

6

No todo
lo que reluce es oro

Ahora dame un consejo, por favor; sí, te hablo a ti, no te hagas, tú que me estás leyendo... ¿O crees que nada más vas a leer mi historia, cómodamente, mientras sudo la gota gorda? Estamos juntos y somos amigos, ¿recuerdas?

¿Piensas que debía hacerle caso a Valeria? ¿Era necesario espiar a mis nuevos padres? ¿Crees que hacían algo malo para tener tantísimo dinero? A veces salían en la tarde o en la noche, pero yo suponía que iban a jugar canasta al jockey club o a una cena en una embajada (los millonarios en las películas siempre cenan en las embajadas), pero no estaba seguro de qué hacían fuera.

¿Entonces qué dices? ¿Qué debía hacer?... Oye, no pongas esa cara, ¿crees que me estoy pasando de la raya? Disculpa, a lo mejor ya te agobiaste y estás pensando en leer otro libro donde el protagonista no le exija al lector que le resuelva la vida. Tienes razón, ya no te molestes, se me acaba de ocurrir una solución buenísima. Ni tú ni yo vamos a quemarnos el coco, dejaremos que mi supercomputadora Neutrona 3000 se encargue de investigar (y que desquite el dineral que costó).

Así pues, tecleé varios datos:

Padres, Barajas, nuevos millonarios, rubia, banco de las Islas Caimán (con sucursal en Zapotlán), salidas nocturnas.

Luego dejé que analizara la información y se enlazara a todas las computadoras del mundo. Hay que dejarla trabajar, mientras te enseño mi colección de osos panda; aquí en confianza, te diré que son las mascotas más aburridas del mundo: no ladran ni hacen ninguna gracia, sólo se la pasan comiendo hojitas...

BIP

BIP

BIIIIP

¡Listo! En sólo ocho segundos y medio, la computadora Neutrona 3000 siguió las pistas mejor que un sabueso y me presentó el resultado: era una nota de prensa, y bastante extraña por cierto.

En la fotografía, aunque borrosa, se podía ver a una pareja vestida de negro, quienes, a pesar de los antifaces, se me hicieron muy familiares (ella lucía una cuidada melena rubia y él tenía un bocadillo de caviar en la mano).

Sentí que se me escapaba el alma por la nariz... No era posible que mis nuevos padres fueran unos delincuentes... ¿o sí? Tenía que averiguarlo de inmediato. Imprimí la nota y fui a buscarlos; estaban en el jardín, desayunando langosta con huevos gratinados. Puse la foto sobre la mesa.

—¡Pero qué ocurrencias! —exclamó mi nueva madre visiblemente ofendida—. ¡No lo puedo creer!

Uf, respiré aliviado, entonces no eran ellos...

—¡Qué ocurrencias de tomarnos una foto sin avisar! —repitió mi madre—, ni siquiera me dieron oportunidad de maquillarme, además, me veo muy cachetona.

LA REPUBLIC

DIARIO INDEPENDIENTE EN ESPAÑOL

SÁBADO 29 DE FEBRERO

ROBO DEL SIGLO

00:25 am
27-05-2012

Agencia Notimich.

Mansión de los Riva Rosas. Ayer al filo de la una de la madrugada volvió a cometerse un importante robo en la ciudad: desaparecieron todas las piezas de Paquita Riva Rosas, renombrada coleccionista de perritos de porcelana. Entre su colección se encontraban un chihuahueño con incrustaciones de diamante y un pekinés con esmeraldas.

Se trata del décimo robo en los últimos días; también han reportado robos en el Banco Nacional de Estampillas Raras; en la Casa de Moneda, donde robaron varios cientos de miles de billetes

hechos, y hace dos días desapareció un cargamento que contenía las pelucas de la reina Isabel II, colección valuada en un millón de libras esterlinas. En todos los casos los testigos afirman haber visto a una pareja vestida de negro. A continuación les presentamos una imagen captada por una cámara de seguridad.

Si el lector tiene alguna información, le rogamos que se comunique a la redacción de este periódico o a la oficina de policía más cercana. Son muy peligrosos.

—¡Y yo muy viejo! —gimoteó mi nuevo padre.

—¡Entonces ustedes sí son los de la foto! —grité atónito—. ¿Son los ladrones que han asolado el país?

—Preferimos que nos llamen cleptómanos —aclaró mi nueva madre—, suena más distinguido.

¡No podía creerlo! ¡Lo aceptaban... y además tan campantes!

—De algún lugar teníamos que sacar nuestro dinero —se justificó mi padre—. Hay que tener fondos para los cheques, pagar las tarjetas de crédito, tu domingo y fundar nuestras empresas.

—¿Qué empresas? —pregunté con temor.

—Acabamos de abrir una tintorería —reveló mi nuevo padre.

Respiré aliviado, al menos eso sonaba decente.

—Es un negocio muy bonito —añadió orgullosa mi nueva madre, mientras me mostraba este volante:

TINTORERIA
LAVAMOS TODO TIPO DE DINERO

Billetes de dudosa procedencia, monedas manchadas, tarjetas con sobregiro, cheques de hule. ¡Tráigalos con nosotros!

SU DINERO
QUEDA COMO NUEVO

❁ Contamos con servicio de planchado
❁ Perfumamos documentos bancarios
❁ Descuento especial a miembros de la mafia
❁ Hacemos descuento por volumen
❁ Protección de identidad

Casi me da un ataque cardiaco, no lo podía creer, aquello se estaba poniendo mucho peor de lo que imaginé. ¡Pero eso no era todo! Mi nueva madre me reveló que también había abierto una tienda de bolsos (elaborados con piel de leopardo, de mono albino, de foca hawaiana y de otras especies en peligro de extinción) y que mi padre acababa de inaugurar un local de perros bulldog (los ponía a pelear mientras había apuestas).

—¡Pero todo eso es ilegal! —grité escandalizado—. ¡Es peligroso! ¡Están haciendo daño!

—Un poco, sí... pero son los únicos negocios que dejan buenas ganancias —se justificó mi nuevo padre, sonriendo orgulloso.

—Y eso es sólo el comienzo. Aún tenemos pensado hacer más cosas —apuntó mi nueva madre—; también queremos vender medicinas.

Suspiré, por lo menos harían una buena acción.

—Estamos fabricando el remedio contra la gripe de pies —reveló mi nuevo padre emocionado.

—Esa enfermedad no existe —murmuré confundido.

—Claro, apenas estamos preparandola —explicó mi nuevo padre—. Cuando dispersemos el virus, todo el mundo tendrá catarro de pies: se les pondrán sudorosos, con fiebre y pesadez, y no podrán caminar a menos que tomen nuestra medicina; es lo único que podrá curarlos, ¿no es una idea genial?

—Venderemos el remedio al precio que queramos —dijo mi nueva madre con un gritito de emoción—. En lugar de ser millonarios, seremos billonarios.

—Todo lo hacemos por ti —sonrió mi nuevo padre—; queremos que seas un niño rico y feliz.

Sin duda mis nuevos padres sabían cómo hacer dinero, ¡pero siempre de manera ilegal! De pronto su dinero me pareció horrible. ¡Ya no quería ser rico! ¡Así no! Valeria tenía razón... como siempre.

—Te lo mereces por codicioso —me dijo mi amiga cuando le conté el terrible asunto.

—Pero yo nunca les dije a mis nuevos padres que se hicieran delincuentes —intenté justificarme.

—Tú querías tener unos padres muy ricos —recordó Valeria—. ¿Y nunca te pusiste a pensar cómo se consigue tanto dinero tan fácilmente? Ni modo que lo obtengan vendiendo pepitas en la esquina.

—Pues ya veo que no... —reconocí compungido, pero cambié de tema para que mi amiga no siguiera regañándome—. Por favor, ayúdame a detenerlos, están a punto de enfermar al mundo sólo para vender una medicina... No sé qué hacer...

Valeria meditó un poco; de pronto su cara se iluminó y dijo:

—Regrésalos a la fábrica.

¡Cómo no se me había ocurrido antes! ¡Claro! Recordé que el modelo Padres 24 Kilates venía con una garantía y que podía regresarlos antes de que pasaran quince días. Hice las cuentas: llevaba catorce días, once horas y cuatro minutos. ¡Apenas tenía tiempo de devolverlos!

Le pedí a Valeria que me acompañara a mi casa; tenía la garantía en mi clóset, junto con el instructivo y el huevo Fabergé. ¡Sólo había que llenar el formulario y la pesadilla terminaría!

Pero las cosas nunca resultan tan sencillas (al menos no en novelas como ésta); justo cuando nos acercamos a mi casa vimos un montón de patrullas de policía, camiones de mudanza, coches blindados, gente con pancartas y otros manifestantes que arrojaban tomates podridos a las ventanas.

—Ven, lee esto... —me dijo Valeria.

En la puerta del jardín delantero de mi casa estaba pegado el siguiente papel:

CITATORIO JUDICIAL

FAMILIA BARAJAS MORA

Por medio de la presente, le avisamos que están bajo sospecha de robo a la Casa de Moneda; sus huellas (y un bocadillo de caviar) fueron encontradas en el lugar del asalto, así que deben presentarse a oficina de policía para un interrogatorio (...).

Y justo al lado, este documento:

NOTIFICACIÓN DE EMBARGO

FAMILIA BARAJAS MORA
CUENTA: 0001928377366

El banco de las Islas Caimán (con sucursal en Zapotlán, Jalisco) les informa que dado su atraso en el pago de deudas de tarjeta y por expedir cheques sin fondos, procederemos a embargar sus bienes, hasta que su deuda con nosotros sea cancelada (...).

Y este otro:

Reina Isabel

Nota Real

Familia Barajas Mora: Mis detectives privados de la Interpol localizaron el rastro de mi colección de pelucas (por lo menos regrésenme la pelirroja). En caso de negarse, ¡Gran Bretaña tendrá que declarar la guerra a su país!

Atentamente
Su Majestad, La Reina

Para colmo,
en una esquinita
había uno más:

SOCIEDAD PROTECTORA
DE LA FOCA HAWAIANA

Nos enteramos de que han utilizado la piel de la **foca hawaiana** para hacer monederos y mochilas. Estamos ofendidos y furiosos. Como **somos pacifistas** no podemos dispararles balas, pero como **somos vegetarianos** usaremos jitomates y cebollas en su lugar. Además, mandaremos a todos nuestros asociados para hacer una protesta pública (...).

73

Se habían cumplido mis peores pesadillas: la justicia había encontrado a mis nuevos padres y les estaban haciendo pagar todos sus delitos.

A trompicones, Valeria y yo entramos a mi casa; por inconcebible que parezca, adentro estaba peor que afuera. Vi a mis mariachis peleando contra los detectives de la reina de Inglaterra y los ejecutivos del banco de las Islas Caimán embargando todo lo que podían (incluyendo a los enanos de mi circo particular). La policía aseguró todo con cintas amarillas con las leyendas, "no pase", "evidencia de delito", mientras los de la sociedad protectora de la foca hawaiana destruían a jitomatazos mis instrumentos musicales. En medio de aquel caos, encontré a mis nuevos padres en la cocina; estaban cocinando algo que parecía un caldo amarillo y viscoso. Parecían muy tranquilos...

—Tú no te preocupes, hijito —dijo mi nueva madre—. Papá y mamá van a solucionar todo.

—Estamos a punto de terminar la fórmula de la gripa de pies —mi nuevo padre agregó señalando la olla—:Cuando lancemos el virus, nadie se atreverá a hacernos nada. ¡El mundo estará a nuestra merced!

No me tranquilicé, al contrario, me di cuenta de que las cosas se iban a poner más feas todavía. ¡La humanidad entera tendría los pies acatarrados! ¿Te imaginas? ¡Todos se arrastrarían! ¡Se sonarían los deditos con pañuelos desechables! ¡Tendrían que sumergir las uñas en té de manzanilla!

Intenté darme prisa y después de pelear con los detectives de la reina (estaban confiscando mi colección de historietas), entré a mi habitación. Sentí como si en ese momento me diera gripa de pies, pues casi me caigo de la sorpresa.

Los ejecutivos del banco se habían llevado todo. Mi cuarto estaba completamente vacío; se llevaron mi computadora Neutrona 3000, la motocicleta amarilla (también la azul y la roja), mi patineta; vamos, hasta mi ropa sucia.

—¡Allá van! —gritó Valeria señalando la ventana.

Cruzando por el jardín, vi a un grupo de hombres vestidos con traje que intentaban subir el huevo Fabergé a un camión blindado que tenía el logo del banco de las Islas Caimán (dentro del vehículo ya estaban los osos panda). Valeria se quiso acercar al camión, sin embargo antes de alcanzarlo recibió un jitomatazo en plena nariz. Yo corrí con peor suerte, pues me golpeó una cebolla en la frente, ¡y vaya que me hizo llorar!

Entonces sucedió lo inaudito: justo cuando los hombres del banco terminaban de subir el huevo Fabergé, los osos panda se acercaron y les mordieron las orejas. Nunca supe si los confundieron con un pedazo de bambú o si, a fin de cuentas, resultó que mis mascotas tenían el alma de héroes.

El huevo Fabergé resbaló por la rampa y rodó en sentido contrario, justo hacia nosotros. Valeria y yo lo abrimos para sacar un formulario:

—¿Vas a pedir otros padres? —preguntó Valeria atónita.

—Bueno... son gratis —observé—. Además, no creo que todos salgan delincuentes.

—¿Pero no aprendiste la lección? —Valeria bufó ofendida—. No hay nada mejor que tus padres originales... Tal vez tenían defectos, pero no eran delincuentes.

PADRES
24 KILATES
PADRES PADRÍSIMOS, S.A.

NOTA DE DEVOLUCIÓN

Garantía: Usted tuvo quince días para probar a sus nuevos padres; si no fueron de su completa satisfacción, sólo envíe este documento por correo o llame al 01-800-RETACHE. Le recordamos también que terminado este plazo ya no podrá hacer ninguna reclamación.

Nombre _Beto Barajas Mora_

Domicilio _Granada 17 Col. Río Verde_

MOTIVO POR EL CUAL REGRESO A MIS PADRES

Defecto de fábrica _____   No me gustó el modelo _X_
Ya me aburrieron _____   Otro _____

MODELO POR EL CUAL DESEO CAMBIARLOS (SIN COSTO)

Mis padres originales _____   Padres divertidísimos _X_
Padres interesantísimos _____

Padres Padrísimos, S.A., lamenta cualquier inconveniente y agradece su preferencia.

De cualquier modo, era demasiado tarde para escuchar los consejos de mi amiga, ya había echado la carta al buzón que había frente a mi casa.

Y conociendo a la compañía Padres Padrísimos, ya sabía que cuando se hacía un pedido, no había vuelta atrás.

7

PADRES ESTEREOFÓNICOS

Este mensaje, así como lo ves, estaba pegado a una caja que apareció una hora más tarde. (La compañía Padres Padrísimos, S. A., podía ser cualquier cosa, pero era muy eficiente).

Para ese momento ya no había nadie en mi casa; se habían marchado la policía, los detectives, los defensores de la foca hawaiana y hasta mis padres millonarios. Por supuesto que no me dejaron nada; ya no tenía circo particular, ni mariachis, ni patinetas ni siquiera uno de los 902 sombreritos vaqueros. Además, mi casa estaba destrozada, llena de jitomate podrido, pancartas rotas de los manifestantes, cintas de plástico de la policía, papeles, trocitos de bambú... Pero no me importaron ni la suciedad ni mi pobreza de siempre, estaba dispuesto a comenzar con otra familia de nuevo y eso me hacía feliz. Además, estaba seguro de que mis nuevos padres saldrían mejor que los anteriores.

Valeria, por su parte, estaba de pésimo humor; según ella había cometido un error al pedir otros padres, por lo que estuvo regañándome hasta que se cansó, aunque creo que en el fondo también sentía curiosidad por saber qué había en la enorme caja de Padres Padrísimos, pues no se fue a su casa y me ayudó a abrirla.

Dentro encontramos otras doce cajas más pequeñas, una hoja con un listado, las instrucciones y una nueva garantía que me recordaba que tenía quince días para probar a mis nuevos Padres Estereofónicos (de lo contrario, debía enviar la nota de devolución o llamar al número 01-800-VADENUEZ).

—Éstos no vienen en polvo para preparar —Valeria leyó el instructivo—; parece que ya están prearmados, sólo hay que unir las piezas.

—¿Pues qué son?

—Míralo por ti mismo —agregó abriendo las cajas que estaban rotuladas con las siguientes etiquetas:

Entonces vi un brazo, más acá una pierna y por allá una cabeza; finalmente lo entendí, mis nuevos padres ¡eran robots!

—¡Con lo que me encantan los rompecabezas! —Valeria exclamó entusiasmada.

Fue muy fácil armarlos. En diez minutos terminamos de unir las piezas. Su aspecto final era sorprendente, hasta parecían humanos (aunque de cerca podían verse los remaches). Lo que más me sorprendió es que eran jovencísimos o al menos su aspecto era bastante inusual para unos padres: vestían con ropa de mezclilla, tenían el cabello pintado con mechones rojos y púrpuras; ¡mi nuevo padre hasta traía un tatuaje en el brazo!

Les colocamos las baterías en la espalda (de cadmio autorrecargable, según el manual). Justo cuando lo hicimos, se prendió una lucecita en la oreja izquierda de cada uno que decía "encendido". Escuchamos un zumbido, olió un poquito a cable y aceite (como cuando pruebas un juguete por primera vez). Por fin, los robots abrieron los ojos para mirarme fijamente.

—Tú debes ser Beto, nuestro hijo —dijo el padre robot con una voz metálica—. ¿Qué onda? ¿Cómo estás? Chócalas... Llámame Pa.

—Y a mí Ma —agregó la madre robot con mucho entusiasmo; tenía la voz parecida a la de una armónica.

—Mucho gusto en conocerlos —contesté sonriendo nervioso—. Perdón por tener la casa tan desarreglada.

Me dio vergüenza el desastre; creo que cualquier padre se hubiera enfurecido al ver las paredes manchadas con jitomate y los muebles enterrados debajo de medio metro de escombros.

—No te preocupes —dijo Pa sonriendo—. Esta casa está suave, grovy, chic, in, hip.

—Padrísima, perrísima, cotorra, cool, chida trendy —completó Ma.

Valeria y yo intercambiamos una mirada atónita.

—Con nosotros no tienes por qué preocuparte de la limpieza —me advirtió Pa—. Todos los padres tienen reglas y nosotros también.

—Debes memorizarlas, pues son muy importantes —señaló Ma.

Sacaron de un viejo morral una hoja en la que se leía lo siguiente:

Nuevas reglas para la familia Barajas Mora

Estas 10 reglas las deben seguir de manera obligatoria los integrantes de esta familia; quien no las cumpla recibirá un castigo, que va desde una buena tunda hasta la expulsión definitiva de la casa.

1. Está prohibido lavarse los dientes, ¡es muy aburrido!
2. Se debe ver mínimo cinco horas de televisión al día, ¡sin excusas!
3. Es obligatorio comer pizzas, perritos calientes, papitas, dulces y refrescos. Quien traiga una verdura a la casa será castigado.
4. Bañarse es algo opcional; una vez al año está bien. ¡Hay que cuidar el agua del mundo!
5. No se debe arreglar el cuato, barrer o sacudir. No se debe hacer limpieza, ¡esto no es un hospital!
6. No se permite sacar 9 o 10 en la escuela ¡eso es sólo para niños presumidos!
7. Se harán competencias de videojuegos entre papás e hijos.
8. Mínimo, se realizará una fiesta por semana.
9. No hay que pedir permiso para salir, ni para hablar por teléfono, ni para llegar tarde ni para nada. ¡Viva la libertad!
10. Prohibido estar de mal humor o llorar. A los que se porten así se le castigará por aguafiestas.

Valeria estaba completamente pasmada, no podía creer que aquellas reglas fueran en serio. Yo, en cambio, estaba muy emocionado, e imaginé que iba a ser muy feliz con mis nuevos padres.

Los siguientes días me convertí en el niño más bien portado y obediente del universo; era un hijo modelo, de esos que siempre presumen los papás y los maestros los ponen de ejemplo. ¿No me crees? En serio, te lo juro. ¡Era superobediente!

Para empezar, me comía absolutamente toda la comida sin rechistar (frituras de queso, pastelillos rellenos de chocolate y gomitas de limón). Obedecía a mis padres cuando me mandaban a hacer la tarea (ver cuatro horas televisión hasta que se hiciera de noche). Jamás discutí la hora en que debía irme a la cama (pasadas las doce). Incluso, me volví muy ecológico y preocupado por la naturaleza (nunca me cambiaba los calcetines ni me tallaba las orejas para no gastar agua). ¡Uf!, ¡era un niño tan disciplinado!

Mis nuevos padres a veces me daban largos sermones (sobre cómo vestirme a la moda o tener un mejor peinado) y me enseñaban grandes cosas sobre la vida (cómo obtener puntos extra en los videojuegos). Incluso, se preocupaban por adentrarme en el mundo del deporte (construyeron rampas para que usara mi patineta dentro de la casa).

Mi vida era perfecta, pero nunca falta la mosca en la sopa y como imaginarás, esta mosca tenía un nombre: Valeria Meza Redonda. ¡No apreciaba mi disciplinado estilo de vida!

—Vives en medio de un cochinero —me acusó mi amiga, escandalizada—, comes puras porquerías, haces lo que se te pega la gana y tus papás son los robots más escandalosos y groseros que conozco.

Creo que Valeria estaba exagerando un poco; la verdad es que mis nuevos padres eran alegres (en la memoria tenían implantados setecientos cincuenta chistes picantes), muy activos (como eran robots nunca dormían y se la pasaban ideando bromas) y les gustaba ser sociables (todas las noches hacían escandalosas fiestas). En fin, que no le hice caso a Valeria. Pensé que mi vida sería feliz por siempre, sin embargo, un día, de buenas a primeras, todo se vino abajo.

Empezó con una tragedia en mi casa, algo tan espantoso que de sólo recordarlo se me llenan los ojos de lágrimas. ¿Quieres que te lo cuente? Está bien, siéntate porque no puedo darte la noticia si estás de pie. Verás, un día llegué de la escuela y me di cuenta de que... ¡no se veía la televisión!

No sé si te haya pasado, pero es una situación que no se la deseo a nadie; sientes como si se abriera una grieta bajo tus pies y cayeras a un abismo. De pronto ya no estaban los programas de concursos que me acompañaban a la hora de la comida, ni las caricaturas de la tarde ni siquiera las películas de acción que tanto me gustaba ver en las madrugadas. La tele me miraba desde su pantalla gris y muerta, mientras yo, del otro lado, presionaba desesperadamente todos los botones del control remoto.

—Ni te esfuerces —me dijo Pa—. Ya lo intentamos y no enciende, tampoco el radio, ni la licuadora ni el horno de microondas.

Era imposible que se hubieran descompuesto todos los aparatos eléctricos. Sólo había una explicación lógica.

—¿Pagaron el recibo de luz? —pregunté.

—¡Claro que no! —respondió Ma ofendida—.Tú sabes que hacer fila es muy aburrido.

Eso no era todo, también descubrí que nos habían cortado el agua, que se terminó el gas y que se acumuló tanta basura en el jardín que ya vivía dentro de ella una familia de pepenadores.

No sé si fue de coraje, pero me empezó a doler la panza (en realidad me había estado doliendo toda esa semana). Mi madre me acercó algo de comida (unos chicles de uva, bolas de tamarindo y chilito en polvo).

—Para que te asiente el estómago —dijo muy considerada.

No tuve otro remedio que hacer un poco de limpieza (a escondidas para que no me acusaran de aguafiestas). Además, fui a pagar el recibo de la luz y el del teléfono. Al día siguiente ya había televisión. ¿Y sabes lo que me dijeron mis nuevos padres? ¡Nada! Ni siquiera gracias, simplemente se sentaron en el sillón para ver tres horas seguidas de caricaturas; sus risas se escuchaban a dos cuadras de distancia.

Con el tiempo me di cuenta de que tenía un problema, y no me refiero a que mis nuevos

padres fueran traviesos o medios cochinones...
El verdadero problema fue que descubrí que
eran demasiado parecidos a mí: les fascinaba
leer historietas, saltarse las bardas, imitar el
ladrido de un perro, los videojuegos. Te preguntarás ¿qué tiene eso de malo?

Para empezar, se hicieron amigos de mis
amigos. Por ejemplo, todas las tardes Martín
los invitaba a jugar al parque.

—No lo tomes a mal, pero tus papás juegan
futbol mejor que tú —se disculpó mi amigo.

Era una situación algo extraña... ¿Estás de
acuerdo? No podía ponerme celoso de mis padres... pero estaban resultando mejores niños
que yo: eran más entretenidos, más traviesos,
más simpáticos.

Y eso no era todo, mis nuevos padres también copiaron mis grandes sueños: una mañana
dieron la noticia de que querían ser presidentes
de México, tener una fiesta de cumpleaños y
ser cantantes de rock, sólo que había una gran
diferencia conmigo: ¡ellos sí lo cumplirían!

Claro, todavía no eran presidentes, pero
ese día inauguraron su propio partido: el PAPI
(Partido Actual de Padres Insólitos), e hicieron

una tremenda fiesta en mi casa (y ésa sí fue un éxito); y para colmo, fundaron una banda de rock llamada Los Betos.

—Y ya vamos a grabar nuestro primer disco —anunció Pa al día siguiente—. A los ejecutivos de las disqueras les encantaron nuestras voces.

Me puse feliz por la noticia.

Bueno, no tanto…

A quién quiero engañar.

La verdad es que estaba revolcándome de la envidia, se me agitaba el estómago y me zumbaban los oídos. ¡No se vale! ¡No era justo! ¡Me habían robado mi sueño! ¡Hasta mi nombre!

—Qué perrísimo que te alegres por nosotros —sonrió Pa interpretando los retortijones como signos de felicidad.

—Será muy hip, trendy, cotorro, chido —aseguró Ma—. ¿Te imaginas tener unos padres que sean estrellas de rock?

¿Te imaginas?

8

Padres Pop

¿Qué es mejor, tener papás médicos o papás abogados? ¿Es cierto que los papás oficinistas sueñan en blanco y negro? ¿Y que los papás comerciantes huelen a queso panela? Alguna vez escuché que los papás maestros se arrugan más pronto que los demás y que los papás periodistas sufren de hipo muy seguido. ¿Será verdad?

Quién sabe, científicos de todo el mundo aún están intentando descifrar esos grandes misterios. Por lo mientras, yo sólo puedo hablar de un tema que conozco perfectamente: los papás rockeros.

Mis nuevos padres se convirtieron en estrellas de rock en menos tiempo de lo que pronuncias la palabra pop. Pero eso no es nada raro, el mundo de la música es vertiginoso. Las compañías de discos descubren en la mañana a una chica escuálida, la maquillan desde la punta de la cabeza a la uña del pie del dedo chiquito, en la tarde graba una canción, para la noche la presentan en la tele; al día siguiente ofrece conciertos, publican su biografía, le forman tres grupos de fans, y una semana después ya nadie la recuerda porque acaba de salir un grupo de perros chou-chou que ladran al ritmo de rap.

Mis padres se convirtieron en la sensación del momento. Sacaron una canción llamada "Si lloro me oxido", que tocaron todas las estaciones de radio. En un solo día recibieron tres premios por "revelación musical", hicieron la portada de ocho revistas, actuaron en un programa de entrevistas de televisión y hasta hicieron un anuncio de "Jabón Pingüino".

—Son tan juveniles y modernos —decían los periodistas.

—Y tan talentosos e incansables —aseguraban los empresarios.

¡Claro que nunca se cansaban! ¡Eran robots con pilas de cadmio! Podían tocar diez horas seguidas y después ponerse a firmar autógrafos mientras escribían otra canción llamada "Se me aflojó un tornillo".

Todo el mundo admira a las estrellas de rock, pero pocos saben lo que es vivir con una y padecerla las 24 horas del día. Aunque son insoportables y lo más extraño es que a la gente les gusta que sean así.

¿No me crees? Te voy a dar unos ejemplos: las estrellas de rock se portan mal, gritan, rompen una guitarra en el escenario, ¡y los fans les aplauden! Si a ti se te ocurre hacer lo mismo, lo más seguro es que digan que tienes problemas de conducta y te lleven con el psicólogo.

Los cantantes de rock son una facha y se visten como se les antoja, además, si se ponen quince aretes en la nariz, al día siguiente sus admiradores los imitan. Pero si a ti se te ocurre salir con la camisa desabotonada, tus papás te dan una regañiza.

Los rockeros son rebeldes, no aceptan órdenes y responden como se les pega la gana. Pero si tú te comportas de este modo en la escuela, tus maestros, en lugar de reconocer tu fuerte personalidad, ¡te expulsan!

¿No es injusto? Mis padres se portaban súper mal y la gente los adoraba, mientras yo debía trabajar y ponerme a cuidar la casa.

Para empezar tenía que espantar a los paparazzi, esos fotógrafos que todo el día rondaban a mis padres y se colaban por todas partes (una vez que abrí el refrigerador me encontré uno adentro). Y eso no era nada comparado con los fans: un centenar de adolescentes se la pasaban gritando día y noche afuera de la ventana (para dormir debía ponerme algodones en los oídos), casi siempre un grupo de chicas se desmayaba en la puerta y yo tenía que quitarlas con pala para ir a la escuela.

Era mucho trabajo y mis padres no me ayudaban en nada. A pesar de ganar carretadas de dinero, jamás se preocuparon por pagar las cuentas, tampoco se aseaban, ni siquiera eran capaces de quitar sus zapatos sucios de la mesa.

—El cereal tiene cucarachas —les dije un día muy molesto—. Y la otra vez, cuando se aceitaron las bisagras, dejaron un reguero de aceite en la cocina y casi me caigo, además, en la última fiesta rompieron la taza del baño y no sé qué le hicieron a la lavadora que anda saltando por toda la casa escupiendo burbujas...

—¡Uf, qué pesado! —se quejó Ma—. Aliviánate, maestro.

—Lo digo en verdad —repetí muy serio—. No es posible que vivamos así. Deben hacerse responsables...

—¡Uf!, ya bájale a tu drama —resopló mi Pa—. Mejor me voy a ensayar mi nueva canción.

Y mis dos padres, muy ofendidos, se fueron a su cuarto, cerrando la puerta con un fuerte golpe.

—¡Vengan acá... jovencitos! —grité.

Nunca me había enojado así; te juro que sentí como si me echaran plomo derretido en la cara. ¡Pero me iban a oír!

Tal vez no sea común que un hijo les dé un sermón a sus padres, pero se lo merecían. Entré a su habitación y estuve como media hora hablando sin parar, acusándolos de ser vagos, sucios y rebeldes. Ellos no respondieron, pero tampoco se atrevieron a verme a los ojos (bueno, eso era porque Pa estaba ocupado en un videojuego y Ma estaba viendo una telenovela), pero esperé que mi regaño al menos los hiciera pensar un poco.

Una mañana, justo al despertar, encontré el siguiente mensaje en mi cama:

Aviso Importante

Por medio de la presente, la familia Barajas Mora anuncia a su miembro Beto Barajas que ha sido expulsado definitivamente de esta casa. Se ha comportado como un aguafiestas, aburrido y regañón; además, ha roto muchas reglas familiares (una vez se lavó los dientes y en otra ocasión se le sorprendió barriendo; también tenemos información de que dejó de comer dulces).

Por todo eso y más, le suplicamos que se retire a la brevedad posible.

Firma
El resto de la familia Barajas
(o sea, Pa y Ma).

—¿Oigan qué significa esto? —pregunté extrañado.

—Que estás despedido —contestó Pa tranquilamente—. Ya no nos lates, estás out.

—Pero no me pueden despedir de mi propia familia —agregué incrédulo.

—Ya lo hicimos —aseguró Ma—. Nuestro abogado ya se encargó de los trámites. Ahora date prisa porque usaremos tu cuarto como bodega para guardar nuestro equipo de sonido. ¡Al rato vamos a dar nuestro primer concierto!

—Y no queremos que estés cerca —aseguró Pa—; nos traes mala vibra.

—Tienes prohibido pisar esta casa —dijo Ma.

Me di cuenta de que hablaban en serio cuando sus guardaespaldas me sacaron a trompicones de la casa y de pronto me encontré en la mitad de la calle, vestido con mi pijama, sin saber qué hacer o a dónde ir.

Bueno, sí sabía a dónde ir. Me costaba mucho trabajo reconocerlo, pero me había equivocado otra vez y debía ofrecerle una disculpa a alguien.

Valeria se burló mucho cuando me vio (aunque no supe si era porque estaba satisfecha de ver el desastre en el que me metí o simplemente se burlaba de mi pijama de conejitos azules).

—Pensé que estos padres serían divertidos —suspiré con tristeza—, pero sólo se divierten entre ellos. Además, ya me duele la panza de comer dulces, y me cansé de vivir entre la mugre y de ver que no les importan mis regaños. Son odiosos. ¿Te diste cuenta cómo me robaron mis planes de ser estrella de rock?

—Te lo advertí —sonrió Valeria saboreando cada momento de humillación.

—¿Y ahora? —volví a suspirar.

La solución era evidente: había que regresar a los Padres Estereofónicos a la fábrica. Ya habían pasado catorce días y algunas horas. Aunque no tenía la garantía conmigo, recordaba perfectamente el número telefónico:

0 1 8 0 0 V A D E N U E Z

—Sus admiradores los van a extrañar —dije cuando tomé el teléfono.

—No te preocupes —me tranquilizó Valeria—, para la próxima semana nadie se acordará de ellos. Además, será mejor para todos, son muy desafinados.

Mi amiga tenía razón, al mal paso darle prisa; tomé el teléfono y marqué. Después de unos segundos, me respondió la grabación de una voz neutra:

Gracias, está usted llamando a Padres Padrísimos, S. A., una compañía filial de Casa Mandrake. Espere por favor, no cuelgue.

—¿Qué pasa? —me preguntó Valeria intentando escuchar por el auricular.

—Una voz grabada pide que espere —murmuré.

Sentía el corazón latiéndome como tambor de banda de guerra.

Del otro lado del teléfono se oía una musiquita de fondo, de ésas que suenan en los elevadores; un minuto después, la voz regresó:

Gracias por la espera. Está llamando a la extensión de servicio de Padres Estereofónicos; por favor marque 1 si desea reportar algún defecto de fábrica.

Marque **2** si desea alguna pieza de
refacción por desgaste. Marque **3** si
quiere hacer devolución de sus Padres
Estereofónicos.

—¿Qué pasa? —volvió a preguntar Valeria,
acercándose al teléfono.

—Es un menú de tonos —expliqué—. Debo
marcar la tecla 3 para regresarlos.

—¿Y qué estás esperando? —mi amiga casi
gritó—. ¡Marca el 3! Recuerda que aún estás
dentro del tiempo de la garantía y que vencerá
en cuatro horas y veinte minutos.

Por supuesto que marqué el número 3. Me
sentí muy aliviado, me había librado de ellos ¡y
en una forma tan fácil! ¡Con una simple llamada! Entonces la grabación continuó:

Usted ha marcado **3** devolución
de Padres Estereofónicos. Lamentamos
cualquier inconveniente que dichos modelos
le hayan ocasionado, ahora mismo serán
retirados. Pero antes necesitamos su número
de serie, márquelo por favor...

—¿Qué ocurre? —preguntó Valeria cuando me vio fruncir el ceño.

—No sé —balbucee—, no entiendo... Algo de una serie...

—¿Una qué?

Le pasé el auricular y mi amiga escuchó atentamente el mensaje grabado, que se repetía una y otra vez. Afortunadamente Valeria era muy lista.

—Claro, debí suponerlo —asintió—. Cuando regresas un aparato electrónico a cualquier tienda, para hacer válida la garantía siempre te exigen el número de serie.

—¿Y eso qué es? —pregunté irritado.

—Es la clave que pone el fabricante para identificar el aparato, el modelo y el número con el que fue construido. Todas las máquinas tienen número de serie: las lavadoras, las licuadoras, los televisores...

—Nunca lo he visto.

—Porque está oculto. Todos esos aparatos tienen atrás una plaquita con un número. Tal vez tus padres lo tengan en la espalda.

¡Uf!, ya se me hacía sospechoso que los problemas se resolvieran tan fácilmente. Teníamos que buscar a mis padres y para colmo, recordé que no estarían en casa, pues ¡ese día iban a dar su primer concierto!

—¿Y qué estamos esperando para ir? —dijo Valeria cuando se enteró.

De inmediato Valeria y yo nos vestimos (me prestó un traje deportivo rosa); me veía ridículo, pero me consolé pensando que era mejor que quedarme con mi pijama de conejitos.

El estadio cubierto donde se desarrollaba el concierto estaba decorado de manera espectacular, con reflectores de colores, máquinas de humo y enormes pingüinos de plástico de cinco metros ("Jabón Pingüino" era uno de los patrocinadores). Además, estaba atestado de un ejército de betomaníacos, lo cual significaba cuatro mil adolescentes con camisetas, gorras y pancartas, todos mostrando su admiración a Los Betos.

—Hay demasiada gente —suspiré desanimado—. Jamás podremos acercarnos al escenario.

Valeria se quedó un buen rato en silencio; seguramente puso a trabajar todas sus neuronas. Después de un par de minutos, sonrió de manera misteriosa:

—Tengo una idea —murmuró.

Sin explicarme nada, me tomó de la manga y me arrastró entre la multitud; cruzamos una puerta y caminamos por un pasillo solitario que conectaba a una especie de salón donde había señores muy atareados: algunos moviendo grandes lámparas, otros cargando bocinas. Yo temblaba de nervios. ¿Dónde estábamos? ¿Qué se proponía hacer mi amiga?

—Toma, ponte esto —Valeria me dio un antifaz plateado que tomó de una mesa donde había guantes, máscaras y sombreros con plumas.

Ella se puso uno igual.

—¿Para qué es? —pregunté confundido.

—Ahora verás —sonrió Valeria.

Sin darme tiempo para preguntarle otra cosa, mi amiga me dio un fuerte empujón. Aterricé al lado de cuatro chicos con el mismo antifaz y justo detrás de mis padres; al frente se escuchaba el estruendo de cuatro mil betomaníacos. Me di cuenta, aterrorizado, que estaba arriba del escenario.

—¡No te quedes parado! ¡Baila! —me ordenó Valeria.

Al fin entendí el plan de mi amiga. Para investigar los números de serie de mis padres había que subir directamente al escenario, aunque
para evitar sospechas, teníamos que disfrazar-
nos como los bailarines que los acompañaban.
El plan era brillante, pero tan riesgoso que de
haberlo conocido me habría negado. Ahora no
tenía más remedio que seguir adelante.

Nunca he sido muy bueno para la danza,
pero hice mi mejor esfuerzo. Los otros bailarines estaban desconcertados con nuestra presen-
cia y como ni Valeria ni yo sabíamos los pasos,
chocamos varias veces con ellos. Aproveché que
comenzaron a discutir con Valeria para escabu-
llirme detrás de mis padres; entonces descubrí
que justo en la nuca, ambos tenían una plaquita
de metal. Jalé su ropa para leerla:

NO. DE SERIE 33441

¡Por fin tenía el número!

—Oye, no me toques —gritó Pa, molesto.

—Perdón...

—¿Beto? ¿Eres tú? —me reconoció Ma—. ¿Qué haces aquí? Te dijimos que no te acercaras a nosotros. Nos traes mala vibra.

—¡Seguridad! —gritó Pa—. ¿Dónde están los guardaespaldas?

A partir de ese momento en mi mente todo se vuelve una pesadilla confusa. Al intentar huir tropecé con otros dos bailarines que, a su vez, se cayeron sobre el músico que tocaba la batería y éste, para no caer, se sujetó del telón que se vino abajo sobre todos.

En medio de la confusión, Valeria me empujó de nuevo, en esta ocasión hacia el público.

—Que no escape —gritó Pa, en el micrófono—. Es un acosador mala onda.

Encendieron tres reflectores para buscarnos. El público comenzó a inquietarse y algunos admiradores se ofrecieron a lincharnos.

—Van a acabar con nosotros... —sollocé, imaginando mi foto en la sección de nota roja del periódico.

—Deja de quejarte —me regañó Valeria—. Hay que escondernos.

De pronto vi un pingüino gigante de plástico; era un envase del jabón que patrocinaba el concierto. Entonces tuve una idea (te aclaro que Valeria no era la única que tenía buenas ideas).

Corrimos a escondernos al interior del envase. Había un espacio muy estrecho, pero al menos estábamos ocultos de los furiosos admiradores.

—¿Pudiste ver el número de serie? —me preguntó Valeria.

Asentí.

—Entonces márcalo ahora —mi amiga me dio un teléfono celular.

—¿De dónde lo sacaste? —pregunté asustado.

—Por allí, lo saqué de una bolsa —dijo Valeria sin darle importancia—; no te preocupes, no lo voy a robar, luego lo llevo a la oficina de objetos perdidos.

Afuera escuchábamos a mis padres gritar por el micrófono.

—Él intentó boicotear nuestro concierto —decía Ma—. Debe ser un terrorista.

Marqué a toda prisa, y Valeria y yo nos acercamos a la bocina para oír. De nuevo nos atendió la misma grabación telefónica, cuando me pidió el número de serie lo marqué sin problemas: 33441. De inmediato la voz grabada respondió:

Gracias. Usted se encuentra dentro del plazo de garantía y su orden ya ha sido registrada. Ahora, para finalizar, por favor marque 1 si desea cambiar a los Padres Estereofónicos por sus padres originales. Marque 2 si desea cambiar a los Padres Estereofónicos por el otro modelo disponible de Padres Padrísimos, sin costo para usted.

—¿Qué estás esperando? —me preguntó Valeria cuando me vio dudar—. Marca el 1, para que te regresen a tus padres verdaderos.

—Pero, ¿y si los otros padres son los buenos? —pensé en voz alta—. Sólo falta probar los Padres Interesantísimos.

Afuera aún se escuchaban gritos, voceaban mi nombre y nos seguían buscando.

—Sólo recuerda que las dos elecciones anteriores han resultado un desastre —resopló Valeria.

—Pero también recuerda que la tercera es la vencida —dije entusiasmado—. Tengo la corazonada de que los terceros serán mis padres perfectos.

Usted ha marcado 2 , cambio de Padres Estereofónicos por otro modelo disponible de Padres Padrísimos. Su solicitud está en curso. En cualquier momento recibirá el nuevo paquete. Padres Padrísimos, S. A., una compañía filial de Casa Mandrake, agradece su preferencia.

Y en ese instante se cortó la comunicación.

Si la mirada de Valeria fuera una pistola de rayos láser, en ese momento me habría convertido en pollo frito.

—No me mires así... —le pedí en voz baja—. Te juro que si estos padres no salen buenos, pido que me regresen a los originales.

—Beto Barajas, tú nunca aprendes —resopló mi amiga.

—Ya no te enojes —añadí con una sonrisa amistosa—. Mejor escapemos antes de que los betomaníacos nos conviertan en confeti.

Curiosamente ya nadie nos estaba buscando; en el estadio había sucedido algo mucho más intrigante: Los Betos se habían esfumado y sus admiradores parecían desconcertados. Ahora les buscaban a ellos (aún tenían que firmar cuatro mil autógrafos).

—En verdad Casa Mandrake trabaja muy rápido —dije admirado—. De seguro ya están mis nuevos padres esperándome en casa... ¿No quieres ver qué me mandaron ahora?

Al final la curiosidad pudo más que su enojo, por lo que Valeria me acompañó con una condición:

—Será la última vez que te ayudo si tienes problemas.

Cuando llegamos a mi casa, noté con alivio que ya no había admiradores, ni paparazzi ni reporteros. Seguramente ya habían ido a molestar a otras estrellas. Lo único que había era una caja, enorme. La más grande que había recibido hasta el momento.

9

PADRES MOHO

¡Uf!, déjame tomar un poco de aire, esto de estrenar padres (me ha agotado)... además, las huidas, los escondites, los gritos y tantas emociones me tienen molido. No creas, a veces me arrepiento de protagonizar un libro tan agitado. Si fuera personaje de un novelón romántico estaría muy tranquilo (aunque llorando mucho, supongo). Pero en fin, hay que terminar esta novela porque aún viene la mejor parte. ¿Preparado? ¿Ya estás cómodo en tu lugar favorito? Entonces seguimos...

Como te comenté en el capítulo anterior, frente a la puerta de mi casa había otra enorme caja de Padres Padrísimos. Era tan grande que

Valeria y yo tuvimos que desmontar el marco de la puerta para que pasara. La caja, que estaba envuelta con papel verde, traía una tarjeta a mi nombre en la que se me avisaba del cambio de padres (éstos se llamaban Padres Moho). Conocía de memoria el procedimiento.

Después de lo que había pasado, pensé que ya nada podía sorprenderme: padres en polvo para preparar y piezas para armar robots. ¿Y ahora qué seguía? ¿Una planta para regar y esperar a que saliera el fruto junto con unos padres vegetarianos? ¿O tal vez una gran larva rellena de padres extraterrestres? Estaba preparado para cualquier cosa... menos para lo que ocurrió a continuación.

Cuando Valeria abrió la caja, descubrimos dentro otros dos cajones alargados del tamaño de una persona.

—¡Son ataúdes! —exclamó mi amiga sorprendida.

En efecto, eran dos ataúdes viejísimos cubiertos de telarañas.

—Según las instrucciones, hay que esperar a que anochezca —dijo Valeria leyendo una hojita—. Y eso es todo.

El sol se había ocultado media hora antes, así que no hubo que esperar mucho. Sin previo aviso, escuchamos un rechinido y vimos como las tapas de los ataúdes comenzaron a abrirse. Valeria y yo retrocedimos asustados. Frente a nosotros surgieron un hombre y una mujer; flaquísimos y con profundas ojeras, tenían la piel blanca tirando a verdoso. Vestían ropa negra y deshilachada. Además, despedían un olor muy extraño, como a leche agria.

—Hola. Tú debes ser Beto, nuestro hijo —dedujo el hombre con una voz cavernosa.

Asentí asustado.

—Somos tus nuevos padres —agregó la mujer dándome una mano tan fría como una paleta—. Nos da mucho gusto conocerte. Nos llevaremos muy bien. Somos muy buenos padres.

—Tenemos siglos de experiencia —aseguró el hombre—. ¿Dije siglos? Perdón, quise decir años.

—Nunca te vas a aburrir con nosotros —aseguró la mujer.

—¿Por qué? ¿porque son vampiros? —preguntó Valeria muy fresca.

Le di un codazo.

Seamos sinceros, supongo que yo, tú, el vecino de enfrente y hasta la señora que vende tortillas pensamos lo mismo que mi amiga Valeria... Pero estás de acuerdo que no es de buen gusto llegar con alguien y decirle: "Buenos días, me llamo Sutanito y usted tiene la mismita cara de Drácula". Como que no es muy educado, ¿verdad?

Pensé que mis nuevos padres se ofenderían por la imprudencia de Valeria, pero no hicieron nada, simplemente cruzaron una mirada entre ellos y después soltaron una carcajada.

—¡Claro que no! ¡Qué cosas dices, pequeña! —dijo el hombre—. ¡Qué imaginación tienen algunos niños!

—¿Ah, no? ¿Y por qué sus colmillos son tan grandes? —preguntó Valeria insistente.

—Bueno... porque no fuimos con el dentista de pequeños —aseguró la mujer—. Ya ves lo que sucede cuando no te hacen ortodoncia.

—Pero están demasiado pálidos —señalé más en confianza.

—Procuramos no tomar sol —reconoció el hombre—. Es malísimo para la piel, ocasiona manchas, y los rayos ultravioleta son muy nocivos.

—¿Y siempre visten de negro? —preguntó Valeria, sin quitar el dedo del renglón.

—Claro, querida, es un color que adelgaza —sonrió la mujer.

—Pero... ¿y eso? —señalé los ataúdes—. ¿No dormirán allí?

—¡Por supuesto que sí! Es muy bueno para la espalda —aseguró el hombre—. No hay nada mejor que una tabla rígida para mantener la columna en su lugar... ¿Quieres probar?

Negué con la cabeza y di otro paso hacia atrás.

—No somos vampiros —afirmó tajante la cadavérica mujer—. Tenemos este aspecto porque nos mantenemos delgados y nos gusta salirnos de lo tradicional; nos encanta lo diferente.

—Y hablando de rarezas, ¿alguna vez han pensado ser estrellas de rock? —pregunté—. ¿Y de dónde sacan su dinero?

Tal vez mis preguntas no venían mucho al caso, pero la verdad es que necesitaba cerciorarme de que mis nuevos padres no fueran a robarme mi personalidad o a resultar unos delincuentes. Eso me preocupaba más que si eran zombis, chupasangres u otra clase de alimañas.

—Damos clases de piano y órgano —reveló la mujer—. Nos ganamos la vida como cualquier maestro de música.

—Y jamás cantaríamos rock... ni muertos.

Los dos rieron como si hubieran dicho un chiste buenísimo.

Me tranquilicé por sus respuestas y decidí darles una oportunidad. Reconozco que su aspecto era raro, pero todo el mundo sabe que los maestros de música siempre resultan un poco extraños, ¿no?

En realidad, eran bastante excéntricos; los siguientes días descubrí que les gustaba andar por la casa colgados de cabeza (aunque aseguraron que practicaban yoga), también quitaron todos los espejos (según ellos porque alentaban la vanidad). Sólo salían de noche (se supone que daban clases en una escuela nocturna). Fuera de esas rarezas, me parecían unos padres muy entretenidos. Sabían muchísimas cosas: hablaban tres lenguas muertas, entre ellas el latín; además me ayudaban con las tareas de la escuela y conocían la Edad Media al derecho y al revés. Hasta me consiguieron un esqueleto para mi clase de ciencias naturales.

—No te asustes, es de Selenio —me tranquilizó mi padre.

—¿Selenio? —repetí—. ¿Es algún tipo de material sintético?

—Sí... eso mismo...

Me extrañé un poco cuando vi que el esqueleto traía un reloj que en la parte de atrás decía: *propiedad de Selenio Sánchez*. Pero no dije nada, no quería cuestionarles su buena intención.

Tal vez mis padres eran desconcertantes, pero jamás intentaron imitar mis gustos o robar un banco. Me tranquilicé y hasta creí que por fin había encontrado a los padres perfectos. Sólo había un pequeño problema; de seguro ya lo adivinaste y sabes de lo que hablo, ¿verdad?... El mismo problema de siempre, la mosca en la sopa, el negrito en el arroz, la basurita en el ojo... mi amiga Valeria.

Ella seguía convencida de que mis nuevos padres eran vampiros; hasta un día llegó diciendo que atacaron a Rufino, el hámster de

Martín (aunque según yo, el animalito se enfermó por su afición a comerse los calcetines de su dueño).

—Pero, ¿qué no te das cuenta? —Valeria me miró con sus ojos de pistola láser—. Desde que llegaron tus nuevos papás han ocurrido cosas extrañas... Todas las mascotas de la colonia están enfermas; de seguro no tienen sangre. Si no me crees, mira lo que dice un profesional. Me mostró un libro grueso, en cuya portada se leía:

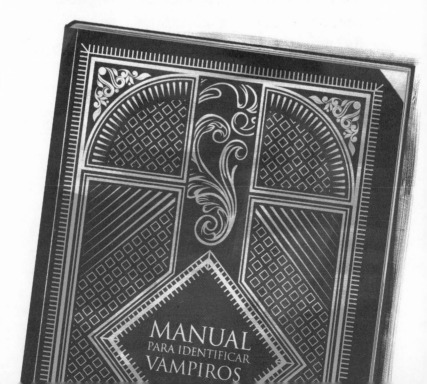

MANUAL
PARA IDENTIFICAR
VAMPIROS

El libro trataba lo de costumbre: los vampiros y sus alergias al ajo, las cruces, el sol, el agua bendita, y su disgusto por los espejos. También me enteré de otras cosas que no sabía: los vampiros odian el helado de limón y les encanta ir de vacaciones a Las Vegas. El capítulo más voluminoso del libro era la parte donde se explicaban los ciento ocho procedimientos para borrarlos de la faz de la Tierra: desde decapitarlos con un hacha hasta poner a hervir su cabeza en vinagre, pasando por quemarlos vivos, clavarles una estaca, partirlos por la mitad, arrancarles los dedos de los pies, darles un regaderazo de agua bendita, llevarlos a tomar el sol a Acapulco y mucho más.

Cerré el libro, enojado.

—Creo que no es correcto aniquilar a tus padres cuando acabas de conocerlos —dije tajante.

—Pero, Beto, ¡son vampiros! —remarcó Valeria—. Son muy peligrosos; empezaron a atacar a nuestras mascotas, quién sabe qué harán después... A ver, dime, ¿dónde están ahora?

—Están durmiendo —señalé la alacena de la cocina, donde estaban los ataúdes—.

Trabajaron hasta muy noche dando clases en una escuela nocturna.

—Te apuesto a que nunca los has visto de día...

Valeria me agarró desprevenido; era cierto, mis nuevos padres siempre se dormían justo al amanecer.

—Pero eso no significaba nada —los defendí—. Muchos papás duermen en el día: las mamás que son enfermeras, los papás que son choferes, los veladores...

—Te hago una apuesta —me interrumpió Valeria, cansada de discutir—. El jueves será el festival del Día del Maestro. Si consigues que tus papás vayan, te juro que no volveré a tocar el tema y hasta me comprometo a hacerte la tarea el resto del año.

Por supuesto que acepté la apuesta, aunque te confieso que al principio me resultó difícil convencer a mis padres de que fueran a mi escuela. Pusieron muchísimos pretextos: que tenían que hacerse el pedicure, además de una visita a su dietista y cosas por el estilo. Finalmente tuve que usar mi táctica secreta:

—Mi amiga Valeria asegura que no pueden ir porque son vampiros —dije como que no quiere la cosa.

Mi plan dio resultado; de inmediato mis padres saltaron indignados.

—¿Vampiros? ¡Qué ocurrencias! —exclamó mi padre—. ¡Eso es un infundio!

—Sólo porque tenemos las orejas puntiagudas y los ojos rojos, la gente ya se pone a inventar cosas —gruñó mi madre indignada.

Aceptaron ir al festival. Asistieron como cualquier padre de familia. Bueno, tal vez no como cualquiera. Los dos llevaban gabardinas negras hasta los tobillos, guantes, lentes oscuros y sombrillas; además, se pusieron tanta crema bloqueadora que iban dejando charcos a su paso.

En mi escuela todo el mundo los miró con terror: los niños huyeron despavoridos y muchos padres quisieron hacer lo mismo. Pero, como sabes, los adultos siempre aparentan ser valientes y tuvieron que saludarlos (con una sonrisa fingidísima).

Afortunadamente mis nuevos padres no se dieron cuenta de nada; estaban muy contentos de conocer mi escuela, y admiraban todo, como si fuera la primera vez que hubieran salido de la alacena de la cocina.

—¡Cuántos niños y niñas! —exclamó mi padre, maravillado—. ¿Qué hacen tantos niños en un solo sitio?

—Por lo general vienen a estudiar —expliqué—. De eso se trata la escuela.

—Y todos se ven taaan jugosos —comentó mi madre.

—¿Jugosos? —la miré extrañado.

—Sí, que les gusta... jugar...

—Ah, se dice juguetones —aclaré.

—Eso también, claro —agregó mi padre con una sonrisita.

Mis padres sólo permanecieron quince minutos en el festival; se marcharon cuando empezaron los bailables (no los culpo, el "Jarabe tapatío" fue horrible y las niñas del ballet del Lago de los Cisnes terminaron desplumándose).

Yo estaba feliz, había ganado la apuesta, aunque según Valeria mis padres habían hecho trampa.

—La apuesta era que vinieran —recordé—. Y si a ellos les gusta vestirse así, no es mi culpa.

Le entregué mi cuaderno para que me hiciera la tarea de matemáticas. Valeria estaba furiosa.

Sin embargo, allí no terminó el asunto; el festival de la escuela impresionó tanto a mis nuevos padres que cuando llegué a mi casa descubrí que habían guardado todos los muebles y redecorado la sala, el comedor y el recibidor, colocando velas moradas y gatos disecados; además, estaban pintando las paredes de color negro.

—¿Qué es esto? —pregunté aturdido.

—Es para un negocio que vamos a poner aquí —sonrió mi madre—. Está quedando lindo, ¿no?

¿Lindo? Tal vez podría decirse que era lindo para una funeraria o para una sala de torturas, no para...

—¡Una escuela! Sí, eso es lo que haremos —reveló mi padre, orgulloso.

—Se nos ocurrió la idea cuando fuimos a tu colegio —reconoció mi madre—. Será un centro artístico; queremos enseñar lo que sabemos: piano, órgano y otras actividades culturales.

—Invitaremos a muchos niños para alimentar —dijo mi padre.

—¿Alimentar? —repetí nervioso.

—Sí, alimentar su espíritu con las bellas artes —sonrió mi madre—. Mira esto.

Mi madre me mostró un enorme serrucho, casi grité.

—¿No es divino? —sonrió y tomó un arco de violín.

Comenzó a tocar una música ululante y espectral.

—Sólo aceptaremos a los que estén más llenos... —agregó mi papá, sacando una copa.

—¿Llenos de qué? —pregunté asustado.

—De talento, claro.

Mi papá se puso a tocar el filo de la copa con la punta de los dedos; emitía un sonido tan extraño que me puso la piel de pollo hervido.

Estaba asustado y confundido. ¿En realidad eran vampiros? ¿Para qué querían una escuela llena de niños? ¿Cuánto cobrarían de inscripción? Aproveché que salieron para pedirle a Valeria que fuera a mi casa para conocer su opinión.

—¡Te lo dije! —sonrió.

Me repateaba escuchar esa frasecita y más todavía ver su sonrisa de superioridad.

—Regrésalos a la fábrica de Padres Padrísimos —me ordenó—. ¿Qué esperas? Si quieres marco el número telefónico.

—Pero aún no estoy seguro de que sean vampiros —dudé—. Por eso quiero que me aconsejes. No quiero tomar una decisión apresurada... Se han portado muy bien conmigo.

—Entonces hay que salir de dudas de una vez por todas —añadió Valeria, resuelta.

—¿Qué sugieres? ¿Qué los llevemos de paseo a Acapulco? —reí nervioso.

Valeria hizo una mueca; al parecer mi chiste no le causó ninguna gracia.

—Hay otro método más rápido... —respondió tomando una escoba.

—No los atravesarás con una estaca... ¿verdad? —insistí aterrado.

—Claro que no. Vamos a forzar la cerradura de sus ataúdes, allí debe estar la prueba de que todo lo que digo es cierto.

Fuimos hasta la puerta de la alacena; allí Valeria usó el palo de escoba como palanca para abrir las tapas de los ataúdes.

—Estamos invadiendo propiedad privada —observé asustado—. Eso no es correcto.

—¿Y crees que es correcto abrir una escuela para chuparle la sangre a todos los niños?

Tuve que aceptar que Valeria tenía razón.

—Anda, ayúdame —me pidió mi amiga—. Esto está muy atascado.

Entre los dos comenzamos a abrir las tapas.

Allanador y cazavampiros... eran mis dos profesiones esa noche.

10

El glóbulo feliz

¿Nunca has abierto el ataúd de un vampiro sólo para husmear? Cuando puedas, no dejes pasar esa oportunidad, es muy entretenido (además, te enteras de muchas cosas). Claro, las primeras recomendaciones que te doy son que te cerciores de que sea de noche y que no haya un vampiro adentro, ya que pueden enfadarse y créeme que no te conviene para nada estar cerca.

Valeria y yo aprovechamos que mis padres habían salido para forzar las cerraduras de ambos ataúdes.

—¡Uf, qué peste! —exclamó Valeria.

Los dos ataúdes olían a una mezcla de leche agria y tenis sucios. No sabíamos cuál de los dos sarcófagos era más hediondo, así que cada uno escogió el que estaba más a la mano. El objetivo era comprobar que efectivamente mis padres eran vampiros.

—Veamos qué tenemos por aquí... —murmuró Valeria, tapándose la nariz—. Tierra negra de cementerio... un muñeco vudú... una bata de baño... un abrigo de piel de rata... Beto, ¿qué has encontrado?

La verdad es que ni siquiera me atrevía a ver el interior del ataúd de mi padre, simplemente metí la mano y saqué lo primero que toqué. Era una botella de cristal verde con la siguiente etiqueta:

LIRIO DE PANTANO

—¡Con razón apestan así! Ningún ser humano se pondría un aroma como ése —aseguró Valeria.

—Te recuerdo que el maestro de educación física huele peor.

Valeria tuvo que aceptar que yo tenía razón; la etiqueta de la loción no comprobaba que mi padre fuese vampiro.

—¿Y qué me dices de esto? —Valeria me mostró una especie de folleto con hojas amarillentas—. Para mí que es clarísima su culpabilidad.

1867

Recetario Moderno
para el sazón clásico
EL BUEN COLMILLO

Niño envuelto
Para diez personas.
Sírvase con vinagreta roja.   ₱ 15

Tradicional Sangría
Bebida a base de glóbulos rojos
y un discreto toque de limón.   ₱ 18

Dedos de Novia
Crujientes dedos rellenos de queso
sazonados con pimiento rojo.   ₱ 25

Pan de muerto
Tradicional pan mexicano,
con pequeños trozos de cartílago.   ₱ 48

—¿Y eso qué? —me encogí de hombros—. ¿No me digas que nunca has probado alguno de esos platillos? Y no eres vampira.

—Bueno... —aceptó Valeria—. Entonces, dime qué significa esto.

Era un formato de ésos que se entregan a los clasificados de un periódico:

POR APERTURA, EL RESTAURANTE

La Posada de
Transilvania

SOLICITA

VAMPIROS Y VAMPIRAS
PARA EL PUESTO DE MESEROS

Edad requerida: Jóvenes menores de 2800 años.
Presentación: La normal (que tengan el cuerpo completo). Aquí se proporcionarán uniformes.
Aptitudes: Capacidad de volar, dotes de hipnotismo, dinámicos y serviciales.
Pago: Un niño de propina por noche y según aptitudes hasta dos.
Interesados: Entregar su solicitud con foto en calle Granado 12. Col. Río Verde.

Inútil presentarse sin estos requisitos

Además, en una esquina estaba pegada una de esas hojitas amarillas que sirven como recordatorio:

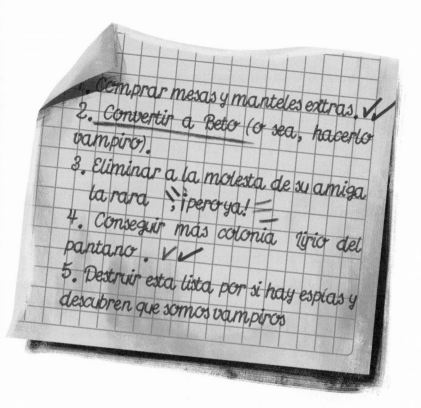

1. Comprar mesas y manteles extras. ✓✓
2. Convertir a Beto (o sea, hacerlo vampiro).
3. Eliminar a la molesta de su amiga la rara ¡pero ya!
4. Conseguir más colonia lirio del pantano. ✓✓
5. Destruir esta lista por si hay espías y descubren que somos vampiros

Reconozco que las últimas dos pruebas sí eran muy sospechosas. Por lo que se entendía (y no había que ser un genio para hacerlo), mis padres estaban a punto de abrir una escuela falsa que en realidad sería un restaurante para vampiros. Además, Valeria corría grave peligro y yo estaba a punto de convertirme en un muerto viviente.

—¿Se les perdió algo? —escuchamos a nuestras espaldas.

Valeria y yo giramos la cabeza. Frente a nosotros estaban mis padres. Aparecieron sin darnos cuenta. Ella, cadavérica y pálida. Él, flaquísimo y apestoso. Los dos con cara de funeral (que ya es mucho decir).

—Ay, hijo mío... —suspiró mi padre—. ¡No me digas que ya te enteraste!

—¿De qué? —intenté poner cara de inocencia, mientras daba unos pasitos hacia atrás.

—De nuestro secretito... —añadió mi madre, dando unos pasos hacia delante—. No queríamos desilusionarte.

—Bueno... —reconocí al fin—. Creo que no es muy agradable saber que mis padres son vampiros.

—Y que planean abrir un restaurante para chuparle la sangre a los niños —agregó Valeria.

—Te lo íbamos a confesar... En serio —afirmó mi padre, acercándose cada vez más—. Ahora debes pensar que somos unos malvados...

—Y tal vez tienes razón —apuntó mi madre—. Por desgracia, sólo nos queda hacer algo.

—¿Qué? —pregunté lleno de terror.

—Cumplir con la lista de pendientes —remataron los dos a la vez.

En ese momento sus ojos se inyectaron de sangre y sus bocas se abrieron de manera desmesurada; vi cómo unos enormes colmillos filosos se acercaron a mi cuello.

—Intenta relajarte, querido —murmuró mi madre—, sino te va a doler.

Dicen que cuando uno va a morir ve pasar toda su vida frente a sus ojos. Te puedo asegurar que no es cierto; vi algunas escenas de explosiones y persecuciones en coche (aunque sospechosamente eran secuencias de mis películas favoritas). Ya me estaba despidiendo de mi corta vida cuando escuché un grito de Valeria:

—¡Rápido, Beto, toma!

En mis manos cayó un racimo de ajos, de inmediato mis padres dieron un fenomenal brinco hacia atrás y comenzaron a estornudar. Al quinto estornudo, ¡plaf!, se convirtieron en unos escuálidos murciélagos y se alejaron lanzando indignados chillidos.

—¿Cómo es que traes ajo? —pregunté sorprendido.

—Jamás pondría un pie en esta casa sin estar preparada —respondió Valeria, mostrándome su bolsita, que contenía cruces, más ajos y hasta limones.

Mi amiga podía ser una sabelotodo, un poco odiosa e incluso presumida. ¡Pero era una genio!

Nuestro momento de gloria duró exactamente once segundos; en ese instante alguien empezó a golpear la puerta. Era medianoche y no podía ser ni el repartidor de la leche, ni el niño que entrega los periódicos, ni el señor del gas ni siquiera la vecina que siempre pide una taza de azúcar... Valeria se preguntó quién sería... yo también lo hice y de seguro tú te estás preguntando lo mismo.

Más hubiera valido que los tres nos quedáramos sin conocer la respuesta, porque afuera de mi casa había por lo menos unos ciento cincuenta vampiros; algunos altísimos y otros tan flacos como una rama de árbol, pero casi todos pálidos tirando a verde. Era evidente que se habían puesto sus mejores harapos para salir: grandes sombreros antiguos con plumas de cuervo, trajes con polilla y hasta había una vampira con un traje de novia mordisqueado por las ratas.

—¡Puaf, qué asco! —se quejó Valeria, tapándose la nariz.

Por la peste, supuse que los vampiros se habían vaciado una botella de agua de colonia "Lirio del pantano" para causar buena impresión en la entrevista; sin duda se trataba de los aspirantes que iban a pedir trabajo de meseros en el restaurante El Glóbulo Feliz.

Esta vez no nos ayudaría el botiquín anti-vampiros de Valeria (al menos que guardara quince toneladas de ajo). Tampoco teníamos suficiente vinagre para hervirles la cabeza y ninguno de los dos se atrevería a cortarles los dedos de los pies. Éramos dos niños (y yo un poco cobarde, la verdad) que debían luchar contra un ejército de muertos vivientes.

—¡Tienes que llamar a Padres Padrísimos! —me recordó mi amiga—. Debes regresar a tus padres vampiros a la fábrica. ¡Tal vez si ellos desaparecen, los otros también se irán!

Corrí al teléfono y marqué once veces. Te preguntarás por qué tanto. Muy simple, porque nunca entró la llamada.

—Algo pasa... no sirve —casi lloré de la desesperación.

—Déjame probar a mí —Valeria me quitó el teléfono.

Mi amiga también se dio cuenta de que el teléfono estaba muerto. Pronto descubrimos por qué; cuando nos asomamos por la ventana, vimos a los murciélagos de mi padre y mi madre mordisqueando los cables telefónicos. Podían ser tan pequeños como un ratón, pero aún tenían grandes ideas.

—¡Hay que mandar la nota de devolución por correo! —propuso Valeria.

—Enfrente de mi casa hay un buzón —recordé.

Los dos volteamos y vimos la banqueta atestada de vampiros; seguían llegando más: algunos en carrozas de muerto, otros en autos antiguos y muchos más simplemente caminando como zombis.

Valeria y yo nos miramos. No hacían falta palabras para saber lo que pensábamos: ¡Ninguno de los dos se atrevería a salir!

—¡Vamos a morir! —sollocé—. Tan jóvenes y sin haber amado... Nos van a chupar como a un raspado de fresa...

—¡Ya deja de llorar! —me regañó mi amiga—. Hay que pensar en alguna solución... Si no podemos llegar hasta el buzón... tal vez podamos hacer que él venga a nosotros.

Imagínate el estado de confusión mental y desesperación que vivía en ese momento que las palabras de mi amiga me sonaron completamente lógicas. Según lo que habíamos visto, la compañía Padres Padrísimos, S. A., funcionaba de manera muy peculiar, bastaba con depositar la carta en el buzón para que se hiciera válida la garantía. Así pues, buscamos cuerda de tendedero e improvisamos una especie de lazo vaquero. Abrí la ventana e intenté realizar la hazaña de lazar el buzón, pero siempre que tiraba el lazo chocaba contra algún muerto viviente.

—¿Te estorbamos? —preguntó un vampiro calvo y de piel gris.

—Un poco... sí... —reconocí.

—Si quieres podemos pasar un momento, para que tengas más espacio —agregó el vampiro, muy atento.

—Bueno... —acepté.

—¿Qué haces? —me gritó Valeria.

—Ehh, nada —respondí.

—Recuerda que los vampiros no pueden entrar a una casa si no los invitas —recordó mi amiga—. ¡Es parte de las reglas de los vampiros! Que no te engañen.

El recordatorio había llegado demasiado tarde. Justo en ese momento todos los vampiros se amontonaron, luchando por entrar; algunos tiraron la puerta a golpes, otros abrieron las ventanas y muchos más (los flacos) se colaron por donde podían, incluyendo por debajo del tapete de "Bienvenidos".

—Miren, aquí hay comida servida —exclamó un vampiro gigantesco con ojos amarillos.

Valeria y yo nos dimos cuenta de que cuando dijo "comida" se refería a nosotros.

—Yo no veo a los dueños del restaurante —comentó una vampira que tenía algunas moscas flotando sobre ella.

—Tal vez sea servicio de bufet —insistió el vampiro enorme, dando un paso hacia nosotros.

—¡Yo los vi primero! —gritó el vampiro calvo y gris, lanzándonos un manotazo con unas uñas tan filosas como las de un gato.

—¡Yo no he merendado en al menos tres siglos! —gruñó la vampira vestida de novia—. ¡Creo que merezco un trago!

De pronto, Valeria y yo nos vimos rodeados de al menos una docena de vampiros hambrientos, todos ellos discutiendo y amenazándose para ser los primeros en hincarnos el colmillo. No recordaba que el doctor Herminio I. Van Hernández (vampirólogo profesional) dijera algo para salir de situaciones como aquélla. Estábamos perdidos, adiós mundo cruel...

—¡Atrás todos! —de pronto gritó una potente voz.

Era mi padre. Por fin le había pasado el efecto murciélago.

—No pueden morderlo —explicó mi padre, acercándome hacia él—. Este niño humano es nuestro hijo.

Los vampiros dieron un paso atrás, parecían bastante desilusionados. Yo, en cambio, me sentí muy feliz, después de todo me di cuenta de que era muy práctico tener parientes vampiros.

—A él lo morderemos nosotros personalmente —aclaró mi madre, echando por tierra mi tranquilidad—. En cambio, a la niña pueden chuparle hasta el tuétano.

Los vampiros, hambrientos, no se hicieron del rogar: se jalonearon entre ellos, pues todos querían sorber al mismo tiempo a mi pobre amiga. Valeria no parecía muy dispuesta a convertirse en la bebida oficial de la noche, por lo que aprovechó la confusión para tomarme del brazo y correr escaleras arriba. De inmediato todos los vampiros corrieron detrás de nosotros, lanzando gruñidos y manotazos.

—Beto, deja de portarte como un niño malcriado —me gritó mi padre—. Quédate quieto, tenemos que convertirte en uno de nosotros.

—Cariño, verás que ser vampiro es muy divertido —aseguró mi madre, detrás de mí—. Ya hasta te mandamos hacer tu ataúd y si quieres puedes ponerle aire acondicionado y bocinas para oír música.

—¿En serio? —pregunté con curiosidad.

—No les hagas caso —me gritó Valeria—. Están intentando engañarte. Toma, arrójales esto.

Mi amiga abrió su bolsita y me entregó varias cabezas de ajos. Era sorprendente, cada vez que un ajo se acercaba a un vampiro, éste estornudaba y, ¡plaf!, se convertía en un inofensivo murciélago. Así pudimos librarnos del vampiro calvo y gris, del gigante de los ojos amarillos y de mis padres que se alejaron aleteando de nuevo, bastante enfadados.

Justo a tiempo, Valeria y yo conseguimos encerrarnos en el baño. Pusimos una silla para atorar la puerta, aunque por debajo de ella se colaron un montón de manos cadavéricas con uñas amarillentas que intentaban atraparnos.

Valeria tuvo que usar todo su botiquín antivampiro para mantenerlos lejos (exprimiendo limones en los nudillos, colocándoles cruces en las palmas, hasta bailando un "jarabe tapatío" encima de sus uñas).

Estuvimos así un buen rato hasta que se escuchó el primer canto del gallo. Entonces, de inmediato, las manos desaparecieron y todo quedó en silencio.

—Creo que se han ido —respiró Valeria aliviada.

Salimos de nuestro escondite y en efecto, no se veía ningún vampiro a la vista. Todo estaba en orden (bueno, es un decir, porque la casa estaba en ruinas y aún apestaba a "Lirio del pantano").

Al bajar, encontramos esta nota en la alacena de la cocina:

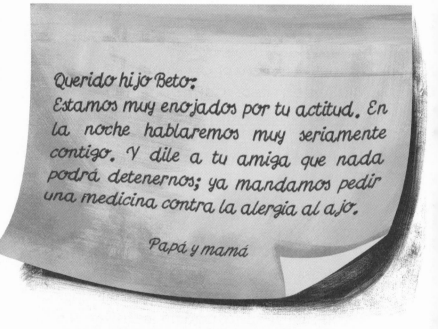

Querido hijo Beto:
Estamos muy enojados por tu actitud. En la noche hablaremos muy seriamente contigo. Y dile a tu amiga que nada podrá detenernos; ya mandamos pedir una medicina contra la alergia al ajo.

Papá y mamá

Pero a esa hora, a mí los vampiros ya no me daban miedo. Además, tenía en mis manos el remedio para librarme de ellos: la nota de devolución.

—Supongo que ahora sí pedirás a tus padres originales —dijo Valeria.

No tenía que recordármelo, claro que quería a mis padres originales; al fin había aprendido la lección.

Valeria y yo salimos a la calle, caminamos hasta el buzón e introdujimos el pequeño papel; entonces nos sentamos a esperar.

Los dos sabíamos que Padres Padrísimos era una empresa bastante eficiente, así que mis padres podrían aparecer en cualquier momento.

Estaba nervioso. ¿Qué les diría? ¿Que un huracán azotó la casa (y misteriosamente pintó las paredes de negro)? ¿Que entraron unos ladrones y destrozaron los muebles? Yo recibiría un castigo; eso era seguro, pero sinceramente era mejor a todo lo que había vivido últimamente.

—Mira, ¿qué es eso? —Valeria señaló el hueco donde hasta hace unas horas estaba la puerta de mi casa.

Esperé ver alguna caja, o a mis papás originales con cara de susto; pero no fue así, en el piso había un pequeño sobre amarillo. Me dio mala espina y cuando lo abrí supe por qué:

Mi grito atravesó la calle... la cuadra... la colonia... la ciudad... y seguramente despertó a un chino que acababa de dormirse al otro lado del mundo.

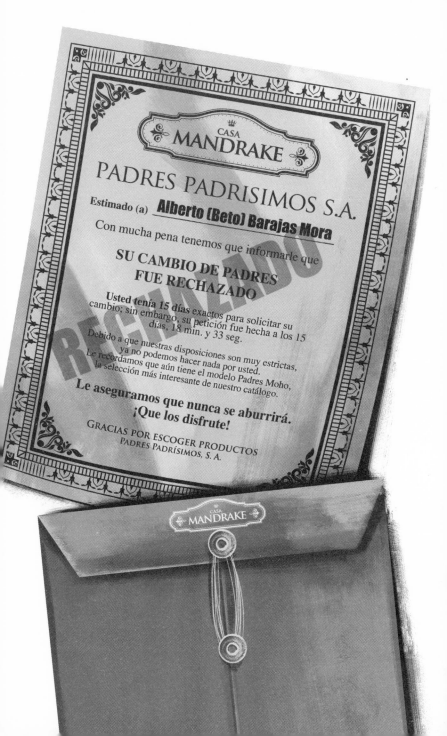

11

CASA MANDRAKE

Te apuesto que en este momento tu cabeza es una máquina de hacer preguntas: ¿Recuperaría a mis padres originales? ¿Cómo íbamos a escapar de los vampiros? ¿Me convertirían en unos de ellos? ¿Debía llamar a la policía o al Dr. Herminio I. Van Hernández? ¿Podía refugiarme en algún sitio lejano?

—Tal vez si me meto a un circo —comenté luego de recordar mi plan de Tachuela Barajas. Puedo comenzar una nueva vida, lejos, donde nadie me conozca.

—Eso es un disparate —aseguró Valeria—. No puedes solucionar tus problemas escapando. Debe haber otra salida.

—Quememos la casa —sugerí.

—No, no me refiero a eso... —añadió Valeria.

Luego se quedó callada; era evidente que estaba meditando.

—A ver, dame el papel que te mandaron —me pidió.

—Pero ya sabes lo que dice: no me regresarán a mis padres originales —comencé a sollozar—. Según ellos se venció la garantía... y por unos cuantos minutos... No es justo.

—Orión 7 —dijo Valeria.

—¿Qué? —pregunté.

—Orión número 7 —repitió mi amiga, mostrándome el papel—. Mira, aquí está, es el domicilio donde se encuentra Casa Mandrake, la compañía que produce Padres Padrísimos.

—¿Y eso qué? —insistí.

—Iremos allá para explicar lo que sucedió. Les diremos que los padres vampiros tienen defecto, que resultaron muy peligrosos y que ahora planean chupar a todos los niños de nuestra calle. Creo que si hacemos eso te regresarán a tus padres originales.

—¿Tú crees? —pregunté ilusionado.

—Ya veremos —repuso Valeria confiada.

La calle Orión se encontraba en una bonita colonia de antiguas casonas. Llegamos al número 7; se trataba de una mansión de piedra que tenía las ventanas tapiadas con ladrillos. Al principio pensamos que la casa estaba abandonada, pero al lado del portón descubrimos una plaquita:

Valeria y yo empujamos el pesado portón de madera, y atravesamos un imponente vestíbulo con pisos de mármol y techos altísimos, de donde colgaban unos candelabros de cristal violeta.

Al fondo de la habitación había un pequeño escritorio con una recepcionista muy arreglada, sin ningún cabello fuera de su lugar. Según su identificación, se llamaba Pili Puentes. Justo arriba de ella, en un enorme letrero, se leía:

CASA
MANDRAKE

—Bienvenidos, ¿les puedo servir en algo? —preguntó Pili Puentes, con una sonrisa enooorme que daba mucha confianza.

—Sí, venimos a quejarnos de un producto de la fábrica —respondió Valeria, sin más preámbulos—. Aquí mi amigo Beto pidió unos Padres Moho, pero resultaron vampiros; se salieron de control y ahora amenazan con chuparle la sangre a toda la colonia, empezando por mí.

Cualquier otra persona se habría escandalizado con semejante historia, pero era evidente que la recepcionista Pili Puentes estaba acostumbrada a oír cosas por el estilo, ni siquiera parpadeó.

—Muy bien —asintió—, ¿puedo ver algún comprobante?

Busqué en mi bolsillo y le entregué el papel que me había llegado esa mañana. Al leerlo Pili Puentes borró su cordial sonrisa:

—Lo siento mucho, pero no podemos ayudarles, la garantía está vencida.

—Pero se venció sólo por dieciocho minutos y treinta y tres segundos —observó Valeria.

—Y no fue nuestra culpa —expliqué—. Esos vampiros impidieron que llegáramos al buzón; tuvimos que esperar a que amaneciera... Si no se los llevan, esta misma noche nos van a chupar la sangre.

—Las reglas son las reglas —repitió Pili Puentes, inflexible—. Ahora, por favor, les pido que se vayan, tengo que trabajar.

La recepcionista Pili Puentes volvió a poner su sonrisa enooorme (supuse que en eso consistía su trabajo).

—¿Podemos hablar con el gerente? —insistió Valeria, sin moverse—. Queremos ver a alguien más, ¿está el dueño aquí?

Por un momento le tembló una mejilla a Pili Puentes.

—¿Se refiere al señor Mandrake? —preguntó nerviosa—. Creo que es imposible verlo.

—Pues dígale al señor Mandrake que no nos iremos hasta que nos atienda —aseguró Valeria.

—Les repito que es imposible verlo —agregó la recepcionista—. Nadie lo ha visto jamás, ni siquiera yo. Sólo lo escuchamos por el altavoz. Parece que tiene un carácter horrible y muchos le temen. Lo siento, pero no podrán verlo; ahora les pido que se marchen o llamaré a seguridad.

Con semejantes amenazas no nos quedó más remedio que salir. Pero ni Valeria ni yo nos desanimamos. Teníamos experiencia en luchar contra defensores de la foca hawaiana, contra fanáticos enfurecidos y contra una legión de vampiros. A esas alturas, ya nada nos podía detener.

—¿Será cierto que nadie ha visto jamás al señor Mandrake? —le pregunté a Valeria.

—No lo creo. De seguro lo dijo para asustarnos —aseguró mi amiga—. Lo encontraremos.

El plan era bastante simple: colarnos a la fábrica de Casa Mandrake.

Valeria y yo esperamos a que llegara la hora de la comida para que la recepcionista Pili Puentes hiciera un descanso (y pudiera desentumecer las mejillas, doloridas de tanta sonrisa). Entonces entramos por una puerta que se encontraba a un costado de su escritorio.

Un larguísimo pasillo nos condujo directamente al corazón de la fábrica, donde una docena de gigantescas máquinas elaboraban día y noche los productos de Casa Mandrake. Era alucinante. Conocimos las ensambladoras de las gafas Ultraretino, de rayos X; vimos los contenedores donde se preparaban las Vivomix, pastillas para estimular la inteligencia; al fondo encontramos apiladas las cajas de Musclematic, el supuesto aparato que desarrollaba una fuerza sobrehumana, y tubos de Nardex, la pomada para adelgazar, entre muchas cosas más.

La fábrica era modernísima; todo estaba automatizado y no había obreros ni nadie que nos pudiera orientar.

—Mira, podemos entrar por allí —sugirió Valeria, señalando una puertita roja que estaba al otro extremo de la fábrica—. Tal vez encontremos al dueño de Casa Mandrake.

Entramos a un cuarto blanco; no tenía ningún mueble y en una pared había cuatro puertas, una al lado de otra, todas eran diferentes: de madera, hierro, cristal y plástico. Cada una tenía el siguiente letrero:

Siempre estoy
para quien me sepa tocar;
para el que no... pues no

—Qué extraño... —murmuré—. Parece un acertijo.

—Tal vez lo sea... —añadió Valeria, intrigada—. Déjame pensar.

No tenía tiempo para pensar y supuse que si abríamos las puertas encontraríamos más rápido al dueño. Tomé el picaporte de la puerta de madera y la abrí. Entonces salieron un montón de arañitas negras con puntos escarlatas. Se desparramaron por el suelo; algunas se subieron a mis pantalones y a mi mano.

—¡Cierra la puerta! —me gritó Valeria.

Entre los dos conseguimos cerrar la puerta con mucho esfuerzo. Me sacudí las arañas horrorizado.

—No intentes atacarlas, son viudas negras —dijo Valeria, muy seria—. Estas arañas son venenosas.

Salté aterrado y corrí a una de las esquinas de la habitación.

—Caíste en una trampa —explicó Valeria—. Sólo una de las puertas es la correcta; las demás no... Quién sabe qué otras asquerosidades guarden las demás.

Con razón nadie conocía al señor Mandrake, pensé, ¡era tan antisocial!

—¿Y qué vamos a hacer? —pregunté angustiado.

—Esperaun poco, se me acaba de ocurrir algo —sonrió mi amiga.

Valeria volvió a la fábrica y regresó con un montón de cosas; traía unas gafas Ultraretino, frascos con pastillas Vivomix, cajas de Musclematic, tubos de pomada Nardex y más productos de Casa Mandrake.

—¿Robaste todo eso?

—Sólo las tomé prestadas —aclaró—. Nos ayudarán a vencer las trampas; mira, colócate esto.

Me dio unas gafas Ultraretino de rayos X, que yo había visto anunciadas en las historietas; se supone que con ellas podías ver a través de materiales ligeros. Eran recomendadas para espías internacionales o para niños morbosos que querían verles los calzones a las niñas.

—Ni se te ocurra voltear a verme —me amenazó Valeria—. Sólo mantén la mirada al frente.

Seguí las instrucciones de mi amiga y miré las cuatro puertas; el efecto era sorprendente, los rayos X de las gafas Ultraretino traspasaban el material delgado y podía ver lo que había del otro lado: arañas viudas negras, gusanos carnívoros, serpientes coralillo y una habitación vacía.

—Es la puerta de plástico —señalé—. Es la única que no tiene insectos asquerosos.

Valeria comprobó que tenía razón y abrimos la puerta. En efecto, del otro lado había una habitación pintada de verde, no tenía muebles y en la pared de enfrente había tres puertas, todas muy grandes y de grueso metal; cada una tenía la siguiente inscripción:

¿Qué pesa más?
¿Una tonelada de cobre o Una tonelada de estaño?

—¡Ese acertijo sí me lo sé! —agregué orgulloso—. Las dos pesan lo mismo: una tonelada.

—¿Entonces cuál puerta abrimos? —preguntó Valeria.

Me quedé en silencio. La verdad es que por más que forcé a mis neuronas, ya no dieron muestras de inteligencia.

—Tú mismo lo acabas de decir —recordó Valeria—. Las dos pesan lo mismo; estaño y cobre, ahí está la respuesta: cuando juntas los dos metales obtienes bronce, que es el material del que está hecha la puerta de en medio.

Valeria era muy lista, pero también necesitaba ser muy fuerte para mover la puerta. Se colocó el Musclematic, una especie de cinturón que despedía una leve corriente eléctrica. Los músculos de Valeria comenzaron a reaccionar y sin ningún esfuerzo movió una tonelada de bronce.

Del otro lado encontramos un cuarto rosa, algo más pequeño que los anteriores y con sólo dos puertas, ambas iguales en material y tamaño, pero una de ellas tenía el siguiente letrero:

Mientras que la otra puerta tenía este otro letrero:

Reconozco que al principio no entendí nada. Creo que Valeria tampoco, porque se quedó meditando más de lo acostumbrado.

—Necesitamos tomar una pastilla de Vivomix —concluyó mi amiga—. Nos volveremos más inteligentes, aunque sea por unos instantes.

Las pastillas eran amarillas y tenían un sabor extraño (pollo con caramelo); en cuanto me la pasé me sentí como si se hubiera encendido una luz en mi cerebro. Entendí todo: las fórmulas matemáticas y los verbos irregulares del inglés; hasta sabía la cantidad de cabello que tenía en la cabeza y podía sacarle raíz cuadrada a cualquier número...

—¡Ya lo tengo! —aseguró Valeria—. "Yo siempre miento, pero no afirmo que no soy la salida", es una frase que claramente demuestra que al no afirmar que no es, resulta que sí es, o sea, es la puerta correcta.

—No, porque esa puerta siempre miente; por lo tanto, si afirma que es la salida, no hay que creerle —rebatí y, aprovechando mi brillante mente deductiva, agregué—: creo que es la puerta que dice: "yo nunca miento, pero puedo negar que no soy la salida". Es una doble negación, por lo tanto se convierte en una afirmación, y como la puerta nunca miente, entonces es la correcta.

—Creo que tienes razón —dijo Valeria, admirada (por primera vez) de mi inteligencia.

Efectivamente, esa puerta nos conectó con un pasillo que remataba en una única puerta, en donde se leía el siguiente letrero:

¡Al fin! ¡Nuestra meta! Valeria y yo corrimos a abrir la puerta, pero nos quedamos pasmados al ver lo que había del otro lado.

Después del asunto de los acertijos, habíamos imaginado que llegaríamos a un lugar mágico o extravagante; pero no, se trataba de una oficina como cualquiera otra, o sea, con un pesado escritorio de madera, algunas torres de papeles desordenados, pizarrones, dos computadoras; en fin, lo que en cualquier despacho, sólo había algo que saltaba a la vista por lo extraño: sentado en un sillón de cuero

vimos algo que nos pareció un niño pequeño, cuya cabecita apenas sobresalía del escritorio, en tanto sus pies no tocaban el piso.

—Oye, niño... ¿no está tu papá? —preguntó Valeria—. Necesitamos hablar con algún adulto que nos pueda informar sobre el señor Mandrake, el dueño de esta fábrica.

—Para empezar no soy niño y para terminar, como dueño de la compañía, les exijo una disculpa —gruñó el extraño personaje.

Valeria y yo nos miramos confundidos. ¿Había dicho dueño? Entonces lo analizamos con más detenimiento; efectivamente, no era ningún niño. De hecho, era un hombre pequeñito y arrugado, perfectamente proporcionado. Vestía un impecable trajecito azul.

—¿Será un enano? —me preguntó Valeria al oído.

—Te oí... —gritó el hombrecito furioso—. ¡Y no soy un enano! ¡Qué ignorancia tan supina!

Ninguno de los dos conocía la palabra "supina", pero nos pareció que debía ser algo horrible.

—Y si no es niño, ni enano... ¿entonces qué es? —pregunté confundido.

Valeria puso a trabajar su mente y a pesar de que ya se le había pasado el efecto del Vivomix, llegó a una conclusión:

—¿Un duende? —preguntó dudosa.

—Casi le atinas —sonrió el hombrecito feliz—. Soy un aluxe... Algo parecido. También me dicen el aluxe azul.

—Claro, esto ya empieza a tener sentido... —asintió Valeria—. Los duendes, perdón, los aluxes son unos seres pequeños que viven en el sureste del país y a veces cumplen los deseos de las personas.

—Vaya, al principio parecías más tonta —comentó el aluxe azul.

Valeria no supo cómo tomar eso, si como insulto o como halago.

—Efectivamente, soy un aluxe que cumple deseos —agregó orgulloso—. Y soy el primero de mi familia que tiene una fábrica de deseos. De hecho, soy el primero en el mundo... y así como me ven, empecé de la nada.

El aluxe se acomodó en el sillón; era evidente que le encantaba hablar de sí mismo:

—Hasta hace unos años vivía como todos los aluxes del mundo, en la parte más profunda de la selva, y debía esperar alrededor de unos trescientos años para toparme con un humano y cumplirle un deseo mágico.

—Qué bueno —interrumpí.

—¡Nada de bueno! ¡Era muy aburrido! —exclamó el aluxe, ofendido—. Imagínense con tantos poderes y sin tener oportunidad de usarlos... No pude soportarlo y, como desde joven fui más ambicioso que el resto de mis hermanos, un día tuve una gran idea... ¡La industria de los deseos necesitaba modernizarse!

—¿Existe una industria de los deseos? —preguntó Valeria, atónita.

—Bueno, no como tal; digamos que era algo artesanal —explicó el aluxe azul—. De seguro se acuerdan de las famosas hadas y de los genios que cumplen sólo tres deseos, y para colmo suelen hacer trampa.

—¿Cómo es eso? —preguntó Valeria.

—Cumplen los deseos de manera engañosa —explicó el aluxe—. Al final terminas peor que como estabas.

—Sí, conozco esa sensación —murmuré.

—Pues yo estoy cambiando eso. Estoy transformando la industria y acabo de inaugurar una empresa de deseos fabricados en serie. Ya tengo un extenso catálogo y me anuncio en revistas de historietas. He inventado deseos, vendo soluciones, intercambio pócimas y presto con intereses muy bajos. Soy feliz haciendo feliz a la demás gente. Como supongo que los hice felices a ustedes, que se tomaron la molestia para venir hasta acá a darme las gracias.

—Bueno, no tanto... —confesé—. La verdad es que sus productos no me han funcionado...

—¡No puede ser! —saltó el aluxe azul—. Todo lo que vendo está garantizado, no pueden fallar, ¿qué producto compraste?

—Padres Padrísimos.

—Ah, es una marca nueva; tiene mucho futuro —aseguró el aluxe azul, orgulloso.

—Pero, ¿no es peligroso mandar robots o vampiros a los niños? —observó Valeria.

—Bueno, son modelos experimentales —se disculpó el aluxe—. Es un producto nuevo y hay que probarlo... Hasta ahora los resultados me han parecido muy graciosos.

—A mí no me lo han parecido tanto —aseguré—. Estuvimos en peligro muchas veces;

casi nos declara la guerra la reina de Inglaterra por su culpa. Además, los padres estereofónicos me corrieron de la casa, otros me amenazaron con hacerme muerto viviente... Sin ofender, creo que usted cumple deseos de baja calidad.

El aluxe azul guardó silencio y después de pensar un rato, gruñó de mal humor:

—Bueno, tal vez tenga que hacer algunas adecuaciones a ciertos modelos. Pero a mí no me eches la culpa, para eso está la garantía; puedes cambiarlos cuando quieras.

—Ese es otro problema que tenemos —dijo Valeria, aprovechando que tocó el tema—. A Beto se le venció su garantía porque nos atacaron unos vampiros.

—Y quiero a mis padres de regreso —añadí.

—Supongo que ustedes saben que eso está contra las reglas —suspiró el aluxe, impaciente.

—¡Pero usted pone las reglas! —exclamó Valeria.

El aluxe meditó un tiempo y luego resopló.

—Está bien. Sólo porque consiguieron atravesar las trampas de las puertas y llegaron hasta aquí, veré qué puedo hacer... Voy a revisar tus datos, niño, dame tu nombre.

—Beto Barajas Mora.

El aluxe azul escribió mi nombre en el teclado (con gran esfuerzo, pues sus manos eran muy pequeñitas).

—Listo, aquí tengo tus datos —asintió el aluxe azul leyendo la pantalla—. Has probado con los tres modelos disponibles: Padres 24 Kilates, Estereofónicos y Moho. Tus padres verdaderos se llaman Bertita Mora y Raúl Barajas...

—¿Puedo recuperarlos? —pregunté.

—No —respondió el aluxe.

Valeria y yo lanzamos una exclamación.

—Es imposible —explicó el aluxe azul—. Si quieres puedo llevarme a los Padres Moho, pero no puedo regresarte a los originales porque ya los perdimos... Necesitarías un milagro para recuperarlos.

12

FINALES Y MÁS FINALES

¡Qué emoción! Ya nos acercamos al final del libro. Supongo que te estás comiendo las uñas por saber cómo se solucionó el enredo, si escapé de los vampiros, si recuperé a mis padres, quedé huerfanito o aprendí alguna lección (por favor, no te pongas a leer la última página del libro porque me echas a perder todo el suspenso).

Como en este libro somos muy democráticos, el final será elegido por mayoría de votos. No te asustes, te voy a explicar la mecánica, es muy simple.

A continuación vamos a dar el resumen de veinticinco posibles finales (tristes, terroríficos, cursis, ridículos, piadosos, inesperados, etcétera). Tú tienes que escoger cuál de todos te gusta más. Luego manda una carta a la editorial que publica este libro. En las oficinas contratarán mil secretarias para contar los votos de los lectores y después se dará a conocer cuál es el final ganador. Entonces, dentro de un año se volverá a publicar el libro con el final que quiere leer la mayoría.

¿Que es muy complicado?

¿Que tus papás no te van a comprar el mismo libro dos veces?

¿Que es un auténtico disparate?

¿Que jamás habías leído algo tan ridículo?

Bueno, ya, ya, no te enojes... Vamos a hacer las cosas más simples, ¿qué te parece si ponemos sólo dos finales?

El primero será para lectores optimistas y sencillos.

El otro será exclusivo para lectores pesimistas y retorcidos.

¿No sabes qué tipo de lector eres? No te preocupes, vamos a aplicar una rapidísima prueba; contesta (sin mentir) lo siguiente:

En el cuento de Caperucita Roja, el personaje que más me gusta es:

a) Caperucita, porque es inocente, buena y al final vence al mal.

b) El lobo, porque le gusta comerse a las abuelitas y a las niñas despistadas.

Si contestaste a, eres un lector optimista y sin complicaciones; entonces da la vuelta a la página y lee el capítulo siguiente, te va a gustar... En cambio, si contestaste b, eres un lector retorcido y exigente; te sugiero que pases directamente a la página 191. Allí te espera otro final; aunque menos feliz, te lo advierto desde ahora.

12 (BIS)

Un final feliz

Bueno, según recordarás, nos quedamos en plena conversación con el aluxe azul, quien me acababa de soltar la noticia de que iba a ser imposible recuperar a mis padres...

—Sólo hay una remota posibilidad, casi un milagro —meditó el aluxe—. Sin embargo, es tan difícil que no garantizo nada.

—¿Qué es? —pregunté desesperado—. ¿Tengo que volver a luchar contra vampiros? ¿Contra robots? ¿Pasar otro enigma de puertas? No me importa, ya estoy acostumbrado a todo.

—No, ni siquiera tienes que salir de aquí —repuso el aluxe azul con una sonrisa—.

Sólo debes desear intensamente volver con tus padres originales...

—¡Pero lo deseo!

—No, así no, debes desearlo de corazón.

—Es lo que siempre le dije —repuso Valeria.

—Tú, cállate —le dijo el aluxe azul, molesto—. En esta historia yo soy quien digo el discurso sobre el amor y perdón entre padres e hijos.

Valeria bajó la mirada; el aluxe azul se tranquilizó y regresó a su tono melosito:

—Anda, Beto, busca en lo más profundo de ti, en los recuerdos felices, cierra los ojos...

Obedecí al aluxe azul y me puse a recordar a mis padres. Lo primero que me vino a la mente fue mi mamá con un montón de estropajos, un trapeador, una bolsa de detergente... Recordé que ella era muy quisquillosa con el asunto de limpieza y que a veces me volvía loco en su obsesión por cuidar que no me enfermara... ¡Entonces lo entendí! No lo hacía por molestarme, sino porque me quería y se preocupaba de que me pasara algo... Luego me vino a la memoria la imagen de mi padre, con su lápiz y libreta haciendo cuentas. Lo vi en su trabajo, ganando un sueldo diminuto. ¡Lo entendí todo! Tenía que estirar su salario para darnos una vida digna, y a pesar de estar tan pobre me hizo una fiesta de cumpleaños. Para él fue un gran gasto, aunque en ese momento no me di cuenta.

—Quiero recuperar a mis padres... —repetí—. Quiero recuperarlos...

Entonces el aluxe azul me tocó la frente y sentí como si una bengala estallara dentro de mi cabeza.

—Quiero recuperar a mis...

En ese momento abrí los ojos y me quedé pasmado. Ya no estaba en la oficina del aluxe azul; me encontraba en mi recámara, la de toda la vida. Salí al pasillo y me di cuenta de que mi casa estaba tal como la recordaba: limpísima, fresca, luminosa, sin huellas de robots, vampiros o defensores de la foca hawaiana.

—¡Beto! —escuché una voz—. ¿Ya te levantaste? ¡Tienes que ayudarme a lavar los jabones! Ven, estoy en el patio.

Era mi mamá.

Salí corriendo y encontré también a mi padre, que estaba en la cocina, con su lápiz y la libretita donde hacía sus cuentas. Me miró con un gesto de reproche.

—Ponte los zapatos, que luego te enfermas y las medicinas están muy caras.

En eso entró mi mamá con su mandil y un cepillo de limpieza en la mano, siempre atareada. Allí estaban los dos, mis papás de toda la vida. Me dio tanto gusto verlos que los abracé.

—¿Y ahora qué mosco te picó? —me preguntó mi mamá.

—Los extrañé mucho —confese, sin poder contener el llanto.

—¿Nos extrañaste? —rió mi papá—. Pero si ayer nos viste antes de irte a tu cuarto y dar un portazo...

—¿Todavía sigues enojado por la fiesta de tu cumpleaños? —preguntó mi mamá.

—No, ya no —respondí.

—Pues más vale que sigas enojado —añadió mi papá.

No entendí. Los dos me tomaron de la mano.

—Tal vez no te dimos lo que merecías —confesó mi mamá—. Quizá nos portamos mal con el asunto de la limpieza y los gastos.

—Nos hemos dado cuenta de que sólo tenemos un hijo —agregó mi papá—. Y no es justo que no te demostremos nuestro cariño, por eso te pedimos perdón y queremos que nos des otra oportunidad.

Salimos al jardín, me quedé impresionado. Allí, frente a mí, estaban todos mis amigos, incluso Martín con su hámster Rufino (vivito y comiendo), un pastel de verdad y un payaso que no daba terror.

—¡Feliz cumpleaños, Beto! —gritaron todos al mismo tiempo.

Delante de todos estaba Valeria, que para la ocasión especial se había pasado un peine por la cabeza y, aunque me da pena decirlo, ¡no se veía nada mal!

F I N

Nota

Listo, aquí se acabó la novela; puedes cerrar el libro e irte a hacer otra cosa. No te preocupes por el resto de las páginas, ni sientas culpa si no las lees (incluso te doy permiso para que las hagas avioncito de papel). Fue un gusto conocerte, ojalá nos encontremos otro día; cuídate y tállate bien detrás de las orejas. Besos, chao,

adiosito...

¿Cómo? ¿Todavía sigues aquí? ¿No te gustó el final feliz? ¿Te pareció gastadísimo el asunto de todo fue un sueño? Si no te convence, calma; no te enfurezcas. Te propongo que pases al otro final, aunque te advierto que es más complicado y no tan feliz, pero es más o menos el verdadero.

¿Qué estás esperando?

¡Rana podrida el último que llegue!

12 (BIS-BIS)

Un final retorcido y no tan feliz

Pues bien. Regresemos de nuevo a la oficina del aluxe azul... Como recordarás, nos había explicado cómo fue que tuvo la idea de poner su fábrica y acababa de decirme que iba a ser un milagro recuperar a mis padres...

—¿Y eso por qué? —pregunté asustado.

—Verás... —comenzó el hombrecillo—. No fuiste el único que compró mis productos, ellos también hicieron su propio pedido y tal vez no quieren que regreses.

—¿Ellos hicieron un pedido? ¿Pero en dónde han estado todo este tiempo? No entiendo... —volví a preguntar.

Sentí que me iba a reventar la cabeza como una burbuja. Creo que el aluxe se dio cuenta de mi confusión, porque rió divertidísimo.

—Iremos a tu casa y allí te explicaré todo. Vengan conmigo.

Creí que iríamos en algún vehículo mágico, como en una alfombra voladora, una escoba o algo por el estilo, pero salimos a la calle y tomamos un simple taxi (¡que además entre Valeria y yo tuvimos que pagar!).

Mi casa estaba igual que como la dejé: completamente destruida, sin la puerta de entrada, con los vidrios rotos, las paredes pintadas de negro y dos enormes ataúdes en la despensa de la cocina (el hogar de mis Padres Moho).

—Ah, permítanme... casi lo olvido —dijo el aluxe azul, sacando un sello del bolsillo.

Estampó el siguiente sello en cada uno de los ataúdes:

Y de inmediato los dos féretros desaparecieron.

—Ahora bien —continuó el aluxe azul como si nada—, te explicaré... Tus padres han estado siempre en casa.

—¿Y por qué no los he visto? —pregunté confundido.

—Porque están en el mismo sitio, pero no en el mismo tiempo, o al revés, siempre me confundo... El caso es que están en otra versión de esta misma casa, de esta misma colonia y de este mismo planeta.

—¿Eso significa que están en un universo paralelo? —preguntó Valeria, fascinada.

—Si quieres llamarle así, yo lo llamo espacio de vida probable. Verán, nosotros los seres que cumplimos deseos podemos dividir la realidad en varias versiones. Es parte de nuestro trabajo.

—¿Cómo es eso? —pregunté confundido.

Era una lástima que no tuviera píldoras de Vivomix para entender mejor.

—Imagina que me pides tres deseos: que quieres ser pirata, pero luego decides que no, que es mejor ser basquetbolista famoso, pero tampoco te agrada y por último decides que quieres volver a ser tú mismo. Entonces cumplo cada uno de tus deseos.

—Sí, eso lo entiendo —asentí.

—Pues bien, aunque volviste a tu realidad, puedes recordar perfectamente que fuiste pirata y también jugador de baloncesto; eso lo viviste, recuerdas el olor del mar, el ruido de una cancha llena de jugadores; sabes qué se siente subirse a un mástil y encestar. Todo eso pasó en verdad, pero nadie más que tú tiene noticias de eso... Entonces, ¿en dónde quedó ese tiempo de tus recuerdos?

—¿En otra dimensión? —apuntó Valeria.

—Algo así, el espacio de vida probable, es otra versión de tu vida, que se abrió y cerró en otro sitio con su propio presente y su propio pasado.

—Ya voy entendiendo —agregó Valeria feliz.

—Yo también —aseguré, aunque la verdad es que aún tenía muchas dudas.

—¿Se preguntarán qué hacemos aquí? —sonrió el aluxe azul—. Venimos para que les enseñe una puerta que comunica varios de esos tiempos. Es un truco sencillo, pero vistoso, y me permite tener el doble de clientes... Se los voy a mostrar... Por favor, tráiganme un espejo.

Sacamos un espejo de atrás de un sillón (allí lo habían escondido mis Padres Moho). El aluxe extrajo de su bolsillo un botecito de Brillex, una especie de limpiador que también producía en su fábrica. Roció el espejo y de pronto el reflejo comenzó a cambiar; ya no se veía la sala ruinosa y sucia, sino como estaba antes de los estropicios: limpísima y arreglada y lo más impresionante es que en el fondo del espejo podía ver a mis papás entrando y saliendo de la cocina.

—¿Están en un reflejo de una vida probable? —pregunté atónito.

—¿Y quién te asegura que no somos nosotros el reflejo y ellos la realidad? —reflexionó el aluxe azul sonriendo de manera misteriosa.

—Qué interesante —agregó Valeria, que seguía fascinada con el tema.

—La realidad es sólo una ilusión —explicó el aluxe azul—. ¿Quién les asegura a ustedes que realmente están vivos y no son personajes de una novela que alguien está leyendo?

Además, quién le asegura a esa persona que nos está leyendo en este momento que a lo mejor es el personaje de otro libro, donde alguien superior a él le escribe su destino...

—Sí... pero, ¿vamos a ir, o no, con mis papás originales? —pregunté un poco impaciente por tanto trabalenguas metafísico.

—¡Uy, con el genio del niño! —se quejó el aluxe azul—. Está bien, tómense de las manos, vamos a cruzar el reflejo.

Los tres cruzamos el espejo (cuando lo hicimos se sintió un poco frío, como cuando te acercas a la sección de verduras en un supermercado). Y en menos de lo que terminas de leer este párrafo ya estábamos al otro lado, en la sala cuidada y limpia de siempre. Pero ahora, en el espejo se veía mi casa destruida. El aluxe pasó su Brillex y el espejo volvió a cambiar, se volvió normal, es decir, cerró el espacio de vida probable de donde veníamos.

Justo cuando el aluxe terminó con sus pases de limpieza mágica, mis papás entraron a la sala.

—¿Beto? —exclamó mi mamá.

—¿Mamá? —exclamé yo.

—¿Aluxe? —exclamó mi papá.

—¿Alguien me quiere explicar? —exigí desesperado.

El aluxe pidió a todos que guardáramos silencio... y que hiciéramos las preguntas una por una. Me dio la palabra a mí primero.

—¿Conoces al aluxe azul? —le pregunté a mi papá.

—Sí —asintió tímidamente—. Él fue quien nos vendió a nuestros últimos hijos.

—¿Cuáles hijos? —exclamé.

—Compramos algunos Hijos Ejemplares —confesó mi mamá, apenada.

—Y pagamos contigo —reveló mi papá—. Pago en especie, se llama.

—Espero que no te ofendas —agregó mi mamá.

—Creo que ya estoy entendiendo todo... —murmuró Valeria, emocionada.

—Y yo también —suspiré.

Entonces todas las piezas comenzaron a embonar en su lugar. Sucede que el aluxe azul había hecho el mismo negocio con mis papás. Después de mi horroroso cumpleaños y mi siguiente rabieta, se desesperaron porque no quería salir de mi cuarto. Como estaban

cansados de mí, el sábado leyeron oportuna-
mente un anuncio que prometía la oportunidad
de adquirir un modelo de Hijos Ejemplares (de
Casa Mandrake, que también se anunciaba en la
revista de desinfectantes de mi mamá). Mis padres enviaron la solicitud y el aluxe aprovechó
para dividir la realidad, que cada quien vivió
en su propio espacio de vida probable.

Mis padres me contaron que primero intentaron con un Hijo Neurón, que se supone era
un niño inteligentísimo, pero resultó tan listo
que le dio por dedicarse al espionaje, conseguir
planos de bombas atómicas e intentó dominar
el mundo. Lo cambiaron justo a tiempo por un
Hijo Minervo, que era un dechado de orden,
pero tuvieron que devolverlo porque le entró
obsesión por lavar el Cerro de la Silla, callar a
La Rumorosa, elevar el Cañón del Sumidero y,
según él, arreglar todo lo que estaba descompuesto en el país. Finalmente habían recibido
el último modelo: un Hijo Musgo.

—Es muy tranquilo —dijo papá—, miren,
precisamente ahí viene.

Cuando entró el nuevo hijo, Valeria y yo
estuvimos a punto de gritar, pues conocíamos

perfectamente el modelo: vestido con ropa negra, delgadísimo, orejas puntiagudas, ojos rojos...

—¡Es un vampiro! —gritamos los dos.

—Claro que no —lo defendió mi madre—. Sólo es alérgico al sol.

—Esperen a verlo pegado a su cuello y luego hablamos —previno Valeria.

—Pues a nosotros el Hijo Musgo nos parece excelente, casi ni come —remató mi papá.

—Pero... ¿en verdad son felices con él? —pregunté preocupado—. ¿No me extrañan a mí... ni siquiera tantito?

—¿Por qué haces esas preguntas? —dijo mi mamá viéndome extrañada.

—Es que yo sí los extraño —reconocí—. Quizá yo no soy el hijo que ustedes quisieran y ustedes tampoco son precisamente los papás de mis sueños... pero aun así, quisiera formar parte de su familia... como antes.

Mis padres se quedaron un buen rato en silencio.

—¿Tú nos quieres? ¿Deseas darnos otra oportunidad? —preguntaron conmovidos.

—¿Y ustedes a mí? —pregunté emocionado.

—Ya ven. Les dije que sólo era cuestión de hablar y expresar sentimientos —comentó Valeria con voz temblorosa, como conductora melosa de televisión.

—¡Tú cállate! —la regañó el aluxe azul—. A mí me toca dar la reflexión cursi de esta historia... Ya ven. El amor entre padres e hijos debe estar por encima de las pequeñas diferencias cotidianas. Ahora, dense un bonito abrazo y prometan que se respetarán como familia.

—Beto, deja de llorar —me exigió mi mamá en medio del abrazo—. Mancharás mi vestido.

—¿Alguien sabe si tenemos que pagar por esto? —murmuró mi papá.

Afortunadamente para todos, la garantía cubrió los estropicios y las devoluciones. Ese mismo día, el aluxe azul se llevó al niño vampiro (para reubicarlo con los Padres Moho) y yo regresé a mi vida de antes.

En este final no hubo nueva fiesta de cumpleaños ni pastel ni payasos lindos ni vi a Valeria bonita (¡jamás!). Y sinceramente debo confesarte que mis papás sí cambiaron, pero un poquito; ahora mi mamá ya me deja salir

al jardín sin bufanda y mi papá ha decidido darme mi domingo (aunque no me ha dicho cuándo).

Paso a pasito, dicen por ahí.

13

Me despido de ti, querido lector

¿Llegaste hasta acá? Muy bien, te felicito, cumpliste con tu parte. Has leído casi todo el libro (y sin manchar las páginas de plastilina, gracias). Por desgracia ya llegó el momento en que tenemos que despedirnos de verdad.

Para empezar, te recomiendo que tararees "Las golondrinas" mientras te doy las gracias por haber sido un lector muy bueno, un amigo del alma al que voy a extrañar siempre y...

¡Uf!, estoy llorando de nuevo y comencé a despintar esta página; ya me lo decía mi abuelita, soy un personaje demasiado sentimental. Creo que el próximo libro en el que salga será de ésos que deben leerse con un paquete de pañuelos en la mano y un antigripal, por si se afloja el interior de la nariz. Tratará sobre la escuela, los niños sin regalo de Navidad, televisiones descompuestas; en fin, cosas muy trágicas...

Pero ya me estoy yendo por las ramas otra vez. Por si no lo has notado, a este libro aún le falta algo importantísimo. ¿Ya lo adivinaste? Claro, una moraleja.

La verdad es que las moralejas me dan muuuucha flojera (y por lo que me he enterado, a algunos lectores también), pero como a los papás y a algunos maestros les interesa que los libros tengan alguna moraleja, he decidido darles gusto.

He preparado diferentes moralejas para todos los paladares, así que por favor, papá, maestro o lector, sírvete de la moraleja que más te agrade (puedes escoger todas las que quieras).

Ahora sí, ya terminé. No me queda más que decirte adiós, me la pasé muy bien, espero que tú también. Si me extrañas, bueno, ya sabes dónde encontrarme, y si no quieres volver a verme ni en pintura, no te preocupes, no me ofendo. Te recomiendo un montón de libros con otros personajes colegas, les dará gusto conocerte; les hablaré bien de ti.

Bufet de moralejas

Moraleja clásica: No hay mejores padres que los propios. Este libro nos enseña que antes de buscar otros padres u otra familia, debemos valorar los que tenemos en casa. Nadie podrá sustituirlos jamás.

Moraleja práctica: No es conveniente tener como padres a dos vampiros. Puede ser muy peligroso; pero si no hay más remedio, consigue mucho ajo, siempre te será útil.

Moraleja de protección al consumidor: Cuidado con la publicidad engañosa. Este libro nos enseña que no hay que comprar métodos musclematic por catálogo, ni a hacer caso a productos de dudosa calidad que se anuncian en revistas, televisión o radio, pues por lo general son estafas, así las venda un duende o una estrella de telenovelas.

Moraleja realista: Tus papás tal vez sean insoportables, pero no vivirás con ellos para siempre. No te preocupes, algún día serás mayor de edad; podrás irte de tu casa y ser independiente (aunque entonces empezarás a extrañarlos

Moraleja colada: Come frutas y verduras. Esta moraleja fue sugerencia de una mamá preocupada por la alimentación; tal vez no tenga que ver con el tema del libro, pero nunca está de más.

Página perdida

Si estás leyendo esta página, sin haber leído toda la historia, significa que hiciste trampa y que intentaste conocer el final del libro. Pero ni creas que te lo voy a decir, así que te recomiendo que mejor regreses a donde interrumpiste la lectura y nos vayamos con calmita, pues éste es un libro que hay que saborear despacio.

Atentamente

Yo, o sea, Beto Barajas,
el protagonista del libro.

Índice